極上王子、運命のつがいを拾う

花菱ななみ

プランタン出版

Contents

※本作品の内容はすべてフィクションです。

第一章　逃げて、惹かれて、抱かれて～初めての発情期～

はぁ、と吐き出した息がひどく熱かった。

全身のいたるところが、長い時間焚き火にでもあたったかのごとく火照（ほて）っている。それは、ただ熱いだけのものとは何かが違っていた。

特に変な感じがするのが、腹部だ。

へその奥のほうがどろどろに溶けだしたかのように、じゅくじゅくとうずく。最初は病気なのかと思ったが、それとは明らかに違うとだんだんとわかってきた。

何故なら、そこは痛いどころか、甘い感覚を秘めていたからだ。そのうずく部分に手を伸ばして、思いっきり擦りあげたならば、どんなにスッキリするだろう。

それがどうしてもできなかったのは、シャルエルは今、人通りの多い市街地にいるからだ。

ブルタニア王国の王都、ロンディウム。このブルタニア島の南部を流れる巨大なアムレカ河の河端に位置し、古くから栄えた重要な都市だ。

生糸の王立取引所もあり、市街地には立派な建物が立ち並ぶ。目の前の道には、馬車が行きかっていた。

広い道路は立派な石畳で覆われていたが、疾走する馬車の数に補修が間に合っていないようだ。ところどころ石畳がめくれていて、剝き出しになった泥を次々と馬のひづめが蹴り上げる。

その細かな泥で、もともと粗末な布でしかなかったシャルエルの服は穀物袋みたいになっていた。

——ここが、ロンディウム……。

シャルエルの住んでいたウェールズの森から、馬車で三日もかかる巨大な街。ブルタニア王の宮殿があるところ。

道路の左右に立ち並ぶ立派な家は、シャルエルを拒むように高い柵で囲まれていた。

門の前には武装した兵がそれぞれに立っているから、見知らぬものをかくまってくれそうにない。勇気を出して近づいたところで、その槍先で追い払われるのがオチだろう。

——逃げ切るためには、もっと小さな家のある、ゴミゴミとしたところに行かないと。

いくら山で育ったシャルエルであっても、それくらいは理解できた。

もっと見通しの悪いところに逃げこまないと追っ手に見つかってしまうのに、方向の感覚もなく走り回っているうちに、こんなお屋敷街に紛れこんでしまった。

焦りの中で、シャルエルの身体の熱も増していく。

靴は、逃げ回る最中に脱げてしまった。

急速に伸びた背に、ふくらみを増した乳房。この奇妙な身体の成長に、何より戸惑っているのはシャルエル自身だ。

そのあげくに生じた熱っぽいうずきに、もはやどう対処していいのかわからない。こんなことがもうじき起きるはずだと、隣の檻(おり)にいたギューフ族のメスに、教えてもらってはいたのだが。

――これが、発情期なの？

少し前まで、シャルエルは檻の中にいた。馬車で運ばれていったのは、街はずれの倉庫街だ。今夜、ギューフを売買する市が開かれ、シャルエルはそこに売り物として出されるはずだった。

――だけど、冗談じゃないもの。

自分がギューフ族だという自覚など、ほんの二週間前まで、シャルエルにはなかった。

そのときまで、シャルエルはブルタニアの大多数を占めるマン族の一人だと思いこんで育ってきたのだ。

だが、ギューフを売買する奴隷商人が、ウェールズの深い森にある掘立小屋の戸口に現れた。そのときに、すべては引っくり返された。

かつてブルタニアにいたのは、たった二つの種族だけだったと、シャルエルは物知りの爺から幼いころに聞かされている。

その二つとは、アンズス族とギューフ族だ。

アンズスというのは、すでに姿を消した神の血を継ぐ種族だ。最高神であるオーディンを信仰しており、このブルタニアの支配階級でもある。オーディンは戦争と死をつかさどり、知識に対して非常に貪欲な神だ。

アンズスたちは皆長身で、身体能力も高く、知能も優れていた。各州に州長官を置き、王の支配を全土に行き渡らせている。現在、王をはじめ、州長官や州の重要な役職を占めるのは、すべてこのアンズス族だ。

もう一つがギューフ族であり、こちらは精霊の血を継ぐといわれていた。

二つの種族はかつてこの広大な島であるブルタニアの別々の場所で、互いに干渉することなく暮らしてきた。

そのバランスが崩れたのは、旺盛な繁殖力を持つマン族がエウロパ大陸で増えすぎて、このブルタニア島まで押し寄せてきたためだ。

そのため、マン族と、もともといたアンズス族とギューフ族との間で戦争になった。マン族は数では勝っていたが、屈強で賢いアンズス族に勝つことは不可能だった。それでも、次々と押し寄せてきたマン族はアンズス族と契約を結び、被支配階級としてブルタニアに住むことを許された。

生命力にあふれ、旺盛な繁殖力を見せるマン族は、それからブルタニアを劇的に変えていった。土地は切り開かれ、人口が爆発的に増えていく。

アンズス族とギューーフ族は、いつしかそのマン族に呑みこまれる形となった。アンズス族の支配階級の一部は依然として純血を保っているが、ギューーフたちは今や独自の都市や集落を持たない。自分たちがギューーフ族であるという自覚すらないまま、この社会の最下層として存在している。

それが、ブルタニアの大まかな歴史だ。

——だけど、この話の中に、ギューーフ族はあまり出てこないのよ。マン族との戦争のときに、ギューーフ族はいったい何をしていたの？

単に役に立たなかった、ということだろうか。屈強なアンズス族に比べて、精霊の血を継ぐというギューーフ族は、シャルエルが考えてみてもあまり役に立ちそうにない。

三つの種族は、交配が可能だった。長い年月の間に種族の血は混じり合い、今では誰がどの種族なのか、外見だけで判断するのは困難だ。

ただ、子は成長していくにつれ、三つの種族の特徴のどれかを身体に宿すようになる。

特にそれが顕著に現れるのが、性においてだった。

ギューフに特徴的なのは、発情期だという。発情期が来るとギューフの身体からは驚くほど甘い匂いが放たれ、アンズスやマン族を強烈に惹きつけ、生殖行為へと誘いこむ。

その発情期が三ヵ月ごとに訪れ、一週間ほど働けなくなるために、特に食うや食わずの困窮世帯では、ギューフは役立たずの厄介者だと疎まれることが多かった。

それもあって、貧しい親は自分の子がギューフとしての特徴を現さないようにと願い、情が湧かないほど早期にギューフだと判明した場合には、ギューフを専門に扱う奴隷商人に売り払うことがある。

普通の子は発情期が来るまで、ギューフだとわからないことが多い。だが、熟練の奴隷商人には見分ける眼力があるらしい。

奴隷商人は幼いころにギューフだと見こんだ子を親元から買い取り、それぞれの養い親に発情期まで育てさせ、年頃になったら回収に来るそうだ。

売り払われたギューフの子は、発情期が来るのに合わせて性奴隷として高値で売買される。その容姿が優れていればいるほど、価値は高い。

シャルエルが住んでいた森の掘立小屋の戸口に現れたのが、その奴隷商人だった。

ずっと自分の身内だと思いこんでいた爺は、奴隷商人に養育を委託されただけの養い親に過ぎないのだと、シャルエルはそのときに初めて知った。

自分がギューフだということもだ。

爺は奴隷商人の出現に、ひどく驚いた顔をしていた。

『まさか』

『まさか、ってのは、こっちのセリフだよ。こんな森の奥に住んだら、逃げ切れるとでも思ったか？　あいにく、俺たちは鼻が利くんでね』

シャルエルを捕まえようとする奴隷商人の腕に、爺はすがりついて拒んだ。

『ダメだ！　私の大切な娘だ！　連れていくな……！』

だが、奴隷商人は持っていた杖で爺の頭を強く殴った。爺は地面に倒れ、その隙にシャルエルは回収された。爺の頭から血が出ていたが、無事だったのだろうか。

――じぃじ……。

爺のことを思い出すたびに、シャルエルは泣きそうになる。

爺は金で頼まれただけのはずなのに、そうとは思えないほど、シャルエルを大切に育ててくれた。

吹雪が続いて食べ物が調達できなかったときには、自分は食べずともシャルエルには食べさせようとしてくれた。皺だらけの手で大切そうに本をめくり、シャルエルにいろいろなことを読み聞かせ、知恵を授けた。

奴隷商人に回収されたシャルエルは、このロンディウムに運ばれ、その倉庫で発情期が来るまで動物のように飼われたのだ。

そこには、同じく回収された若いギューフのオスとメスが、ずらりと並んだ檻に入れられていた。発情期を迎えた子から引きずり出され、二度と戻ってこなかった。競売に出されて、高値で売り払われたのだという。

――だけど、そんなの、冗談じゃないわ。

まだシャルエルは、自分がギューフだということにも納得していない。

性的なものにも、嫌悪感があった。

奴隷商人の倉庫にまでギューフを見定めにくるような脂ぎった金持ちの男に、裸にされてべたべた触られるなんて、想像しただけでも鳥肌が立つ。

だが、シャルエルの身体には日に日に発情期の兆しが現れていた。

体温が上がり、白い肌がぼうっと赤らんでくる。

乳房も張って、乳首も尖るらしい。シャルエルの身体を無遠慮に服の上から触って確認した奴隷商人は、今夜、シャルエルを市で売り払うことに決めた。

『ようやく、このじゃじゃ馬も片づくな』

『嫌よ。売られるなんて、冗談じゃないわ。早く私を、ここから出しなさいよ！』

シャルエルは檻の中から叫んだ。さんざん暴れ、一度は檻を壊したせいで、シャルエルの手はずっと檻につながれていた。だからこそ、胸を触られても振り払えなかった。その屈辱を思い出すだけで、今でも涙が浮かぶ。

それに、身体に現れだした変調も不愉快でしかなかった。

『せいぜい、高値で売れてくれ。おまえは見かけは綺麗だが、じゃじゃ馬だからな。発情期になったら、少しはおとなしくなるか？』

『いい声で鳴くかもな』

彼らはゲラゲラと笑った。

どうしてギューフを売るのを発情期まで待つのかよくわからないでいたが、奴隷商人が言うにはその最中にギューフが発する匂いと深く関係しているらしい。

ギューフの発情期の匂いは、適合する相手だけを特に強く惹きつける。それは、理性を狂わすほどに強烈で、運よくその相手が見つかった場合は、相手は金に糸目をつけずにギューフを買い求める。

——発情期の真っ最中に競りにかけられるなんて、性奴隷としてしか、ギューフを必要としていないってことよね。

そう思うと、シャルエルは憤慨せずにはいられない。

もっと自分は、いろいろできる。

上手にパンを焼くことができるし、森で果物や食べ物を見つけるのも得意だ。

森をうろつけば、果物やキノコ、木の実が採れる場所がわかる。土の中にある芋の位置まで感じとれる。

何より得意なのは、ハチミツを採ることだった。

だが、奴隷商人たちはシャルエルのそんな能力など知ろうともしなかった。

ギューフは人として扱われていない。檻に入れられ、動物のように食事も排泄もその檻の中でしろと命じられた。

ショックだった。

悔しいし、理不尽だし、どうしてギューフだけがひどい扱いを受けるのかわからない。好きでギューフに生まれたのではないのだから、もう少しまともに扱ってほしい。

だからこそ、ギューフ市の会場に檻ごと運びこまれ、全身を洗って磨かれた後で一人にされたときに、シャルエルは隙を狙って檻の鍵を外し、必死で逃げだしたのだ。

——ざまぁみろだわ！

鍵は複雑に金属を折り曲げた作りだった。ギューフにそれを外せる知能はないと、奴隷商人たちはたかをくくっていたようだ。だが、シャルエルはその手の鍵を玩具として爺から与えられて育った。

自分でも笑ってしまうほど鮮やかな手つきで、鍵は外れた。

それから夜の闇にまぎれて、追っ手から逃げているのだ。

帰る場所は爺と住んでいた森の掘立小屋しかないのだが、あの場所には戻れない。

何せ奴隷商人に、知られている。戻ってまた見つかることがあったら、爺は今度こそ殺されてしまうだろう。

だから、どこかかくまってもらえる場所を、探しながら走っている。下働きでも何でもする。だから、助けてほしい。

森でもあれば逃げこめるのだが、ロンディウムの市街地は信じられないほど広く、走っても走っても街の突き当たりに達しない。

それどころか、自分はどんどん中心部に向かって走っている気がするのだ。

ふと足を止めれば、立派な建物ばかりが立ち並び、馬車の行きかう大きな道に立っていた。ここから早く抜け出したいのに、迷路のような作りになっているのか、どれだけ走っても同じあたりをうろついている気がする。

不安ばかりが募っていく中で、シャルエルは乱れた息を整えようと暗い空を見上げた。

そのとき、不意に声が響いた。

「あそこだ……！」

自分を追っている奴隷商人の声だと認識するや、シャルエルは再び振り向きもせずに走り始めた。

足の裏に砂利の混じった冷たい石畳の感触が伝わってくる。小石で足の裏を傷つけたのか、地面に足がつくたびにズキズキと痛んだ。

——誰か、……誰か、だれか……！

走りながら、シャルエルは必死で周囲を見回し、無意識に空気の匂いを嗅いだ。そうせずにはいられない。

この身体のうずきを癒やしてくれる人を本能的に探しているのだ。

誰でもいいわけではない。自分に適合する誰かだ。それが誰なのか、どんな姿をしているのか、シャルエルにはわからない。

猛烈な勢いで疾走する馬車に跳ね飛ばされそうになりながら、シャルエルは太い道を渡り終え、暗闇に身を紛れこませようとする。

そのとき、シャルエルはぞくりとするほどいい匂いを嗅ぎ当てた。

反射的にそちらのほうを向く。

立派なお屋敷があった。屋敷をぐるりと取り囲む鉄柵が一部だけ開いていて、その内側の道路に近いところに四頭立ての馬車が停められている。

馬車のドアは大きく開かれ、屋敷から出てきた立派な服装をした誰かが、馬車に乗りこむために踏み台に足をかけたところだった。

——あの人だわ……！

そちらからひんやりとした風が吹いてきた。匂いに誘われるまま、シャルエルはその馬車に向かって懸命に走った。

急がなければならない。馬車が走りだしてしまえば、シャルエルに追いつくすべはない。

「っは……！」

息が上がった。

近づいていくにつれ、馬車が立派で大きなことに驚かされる。側面には大きな金の龍の紋章が彫りこまれ、チラリと見える内装の内張も豪華だ。

鉄柵の内側に走りこみ、虚を衝かれた形の警備の男の前をシャルエルはすり抜ける。御者が馬車の前から、踏み台を外そうとするところだった。その寸前に、シャルエルは一気に駆け上がり、馬車の中に飛びこんだ。

座席に、彼が座っている。

すぐそばから見た顔立ちが、見惚れるほどに整っていることに驚いた。

鼻梁が高く、くっきりとした二重の目だ。灰色の、どこか厭世的な目の表情が見てとれる。その鋭く切れ上がった目で、彼は闖入者をとがめるようにきつくシャルエルを見据えた。

整った顔のラインを縁取るのは、赤銅色の長い髪だ。

――綺麗。……こんな綺麗な人を、初めて見た……。

いつまでも、ただ見ていたくなるような、非の打ちどころがない顔立ちだった。見ているだけでも、心の奥がぞくっと痺れる。

さらに彼の匂いを間近で嗅いだことで、何もわからなくなった。

——もうダメ。……たまらない。

頭の中がぼうっとする。息を吸うたびに、鼻孔から入りこむ香りが下腹まで痺れさせ、身体の中で何かが爆発する。

もっとその匂いを嗅ぎたくて、シャルエルは顔を彼の胸元に押しつけた。思いっきり濃厚な匂いを吸いこむと、目までチカチカした。シャルエルはさらに全体重をかけてのしかかり、顔を押しつけた。

自分が初対面の人に、どれだけ非礼を働いているかもわからない。

「……おい……っ」

抗議するような声が上がったが、止められなかった。

このすごく気持ちのいい匂いを、ひたすら嗅いでいたい。

一度、彼に頭をつかまれて、強い力で引きはがされた。だが、その口から漏れる甘い匂いに気付いた途端、何も考えられずにその匂いの元に嚙みついた。

「っぐ！」

びっくりしたように、彼が声を上げる。それでも、シャルエルは彼の頰を両手で包みこみ、その口をがむしゃらに求めた。

最初はガチガチと歯が当たったが、だんだんと彼の力が抜けていく。口腔内で舌と舌がからんだ。その舌を互いに擦り合わせるのが気持ちがいいとわかってからは、シャルエルのほうから積極的に舌をからめていくようになった。

彼の舌は、とても熱かった。いくら食べても食べ足りないような、強烈な飢餓感が掻き立てられる。手や頬に触れる彼の頬はなめらかで、髪からもとてもいい匂いがした。

「おま、え……っ」

しがみついてくるシャルエルを払いのけようと、何度も彼の手が動いた。

だが、押しのけられても、シャルエルは角度を変えて唇を押しつけるのを止められない。それくらい彼の唾液は甘く、それをもっと飲みたいという欲望が抑えきれない。

すでに理性は吹き飛んで、どれだけ自分が動物じみた衝動に身を任せているのかも、自覚できずにいた。

「っふ」

次第に彼の抵抗が弱くなり、目から強い光が消える。だんだんと、シャルエルの舌の動きに応えて舌が動き始めた。彼のほうからも積極的にシャルエルの舌をむさぼってくる。

「ふ、……ん、ん……っ」

ぬるぬるとした舌の感触が気持ちいい。

ずっとキスを続けていたい。

そんなふうに思ったシャルエルが不意に現実に引き戻されたのは、遠くから奴隷商人らしき声が聞こえてきたからだ。

「どこだ！　あいつ！」

その声が聞こえるなりシャルエルは慌てて開けっ放しだった馬車のドアを閉じ、彼にすがりついて懇願した。

「助けて……っ！」

それしか考えられない。

こんなにも身体が熱く、力が抜けた状態ではもう走れない。それに、彼とこんなふうにもっとくっついていたい。

彼は呆れた顔で、シャルエルを見た。

最初はひどく冷ややかに見えた灰色の瞳が、今はどこか熱を帯びているように見えるのは、気のせいだろうか。

切れ長の形のいい目だけではなくて、唇の形も好みだ。いつまでも口づけていたくなる、ちょうどいい厚さの唇。その唇がどれだけ気持ちがいいか、シャルエルはすでに知っている。

顔の端整さもそうだが、自分がしがみついていた彼の衣服が、高価そうなことにも驚いた。

その服を汚したり、破損させたりすることにおびえて、シャルエルは身体を起こそうとした。

だが、彼は逆にシャルエルの腰に腕を回して引き寄せると、馬車の前方に向けて声を放った。

「出せ！」

その声の鋭さに飛び上がりそうになったが、御者に向けてだったらしい。

声に呼応して、鋭く鞭が振られる音が聞こえた。直後に、馬車の大きな車輪がごとんと音を立てて動きだす。

揺れる馬車の中で、彼はシャルエルにまっすぐ視線を向けてきた。

そこには、側面にかけられた暗いランプしかない。その光が彼の目に反射して、ぬめるような輝きを放つ。こんな弱い光の中でも、彼の顔立ちの良さは際立っていた。

じっくりと彼はシャルエルの顔を見定めて、納得したとばかりにつぶやいた。

「ギューフが発情して、飛びこんできたというわけか」

冷静にふるまおうとしているようだが、彼の声はかすれている。何らかの身体の変調を、強引に抑えこんでいるようにも思えた。

それはシャルエルも同じだった。彼と触れ合っているだけで、下肢が溶け落ちていくような甘い痺れを覚えていた。

気がつけば、またシャルエルのほうから顔を寄せていた。

「ん」

吸い寄せられるように、唇と唇が触れ合う。

彼もキスをしているうちに夢中になったのか、シャルエルの腰を引き寄せる腕に力がこもった。豪華な服を身につけた彼の身体つきがとても筋肉質で、力強いのが伝わってくる。その胸に抱き寄せられると、包みこまれるような安堵感すら覚えた。

何より口の粘膜や舌を擦り合わせるのが心地よくてならない。もっと、もっとと積極的に舌をからませずにはいられない。

「っふ」

舌の動きに気を取られているうちに、彼の手は胸元まで伸びた。たった一枚まとっていただけの粗末な布越しに、柔らかなふくらみを揉みしだかれる。

「ぁ！」

最初はびっくりしたが、それでも乳房に触れられるのは、かつてない甘い刺激をもたらした。ドキドキと、心臓が壊れそうなぐらい鳴り響いている。彼の大きな手に包みこまれた乳房の先端が、急速に尖っていくのがわかる。

何回か揉み上げた後で、彼はシャルエルの粗末な服の裾をめくりあげて脱がせようとしてきた。

それにあらがえずに一糸まとわぬ格好になったシャルエルの胸をあらためて直接大きな

てのひらで包みこみ、その乳首を親指の腹でなぞりながら、言ってくる。

「発情期のギューフか？　噂には聞いていたが、たまらない匂いだな」

答えようとしたが、そのときに乳首を強くつままれた。なのに、シャルエルが感じたのは痛みではなく快感だった。

「っあん」

あまりの刺激の強さにのけぞると、彼はシャルエルの反応をもっと引き出したくなったのか、乳房に顔を寄せた。

シャルエルは馬車の座席に座った彼の膝に、大きく足を広げて座りこんでいた。馬車の内は外から見たよりもずっと広かったが、それでも頭のてっぺんが時折天井をかすめる。

彼から漂う匂いを吸うたびに頭がとろけ、もっと触れてもらいたいと、欲望があふれ出す。

「ん、……っぁ、あ……っ、……あなたも、……いい、……匂いだわ」

あえぎながらも、つぶやいたとき、彼が乳首に吸いついた。

「っぁ、あ！」

衝撃が、身体の芯までズキンと襲いかかる。乳首を吸われている間、シャルエルはのけぞってその快感に耐える以外に、何もできなかった。

「っん、……あ、あ……っ」

馬車は石畳の上を進んでいる。

時折、車輪が凸凹に乗り上げて、大きく馬車が揺れた。そのたびに乳首に歯が立てられたが、それもシャルエルにとっては甘い刺激でしかなかった。

車輪の音がやかましいから、自分の口から切れ切れに漏れる声は、御者のところまでは聞こえてはいないだろう。

シャルエルの腰を引き寄せたまま、彼は乳房に顔を埋め、そのてっぺんで硬く尖る乳首をちゅくちゅくと音を立てて口に含んだ。それからざらりとした舌に、敏感な乳首を転がされる。馬車の揺れに合わせて、身体の芯まで甘ったるい感覚が次々と流れこんだ。

反対側の乳房にも手は伸び、完全にはふくらみきっていないその未成熟な形を愛でるように揉み上げた。中でもことさら指がとどまるのは、柔らかなふくらみのてっぺんでしこる乳首だ。

そこをつまみあげられ、擦り合わせるように刺激されると、きゅんきゅんとした快感が駆け抜けていく。

「っぁ、……んぁ、あ……っ」

ここまで、自分の身体が変調をきたしたことはなかった。

自分はギューフで、初めての発情期を迎えている。

そんな認識は、シャルエルの頭のどこかにあった。だが、発情期を迎えた身体がこんな

にも熱くとろけ、あちこちに触れられるだけで意識が飛びそうなほど気持ちよくなるなんて、誰も教えてはくれなかった。

乳首をいじられるのは快感でしかなかったから、ずっとこれを続けてもらいたい。シャルエルの自制心など、身も心も溶かす快感の前ではまるで役に立たない。

彼のほうも激しい欲望に押し流されているらしく、舌の動きも、反対側の乳首を転がす指の動きも荒々しく、執拗だった。それでも、どこか自制心が働いていることは、痛いぐらいに力がこもるたびにハッとしたように指の力が緩められるからわかる。

燃えさかるばかりの身体の中で、さらに激しくうずいてくるのは足の付け根の奥だ。だんだんと腰の位置が落ち、開いた足の奥に何か硬いものが触れた。

最初は敏感なそこに何かが触れることに驚いて、そのたびに腰を上げていた。だが、硬いそれが布越しに擦れると、なんだかとても気持ちがいいことに気づいた。受け止める刺激の甘さを知ってしまうと、腰が動くのを止められなくなる。

「……い……のか」

不意にかすれた声で、彼が尋ねてきた。

何のことだかわからないが、うずく身体をどうにかしてもらいたくて、シャルエルはぼうっとしながらうなずいた。

すると、彼の手がシャルエルの太腿に伸びてくる。軽く腰を上げさせられ、手が入る隙間だけ身体の距離を開けられる。うずく花弁を指先でなぞられた。

「ン、ぁあ！」

そんな場所を、他人に触れさせてはならない。

そのような禁忌の意識は、頭の片隅にあった。けれど、ダメだと思えば思うほどに、彼の指のあるところから流しこまれる快感は淫らなものになっていく。ぞくぞくと身体が震え、太腿から力が抜けて、腰を上げておくことすらままならない。

濡れた花弁を指先でかきわけられるだけで、息を呑まずにはいられなかった。

どうしてそこが、そんなにもぐしょぐしょになっているのだろうか。これも、発情期のせいなのか。

「ん、ん、ん」

熱いぬめりをからめた彼の指は、手前から奥のほうへと何度も花弁をなぞって動いた。

彼の上で開いていた太腿が、甘い刺激を受けるたびに大きく震えた。どうにか足を閉じるか、彼の膝から下りるかして、その不埒な指の動きを止めさせたい。だが、揺れる馬車の中ではバランスを取るだけでも精一杯だし、何より蠱惑的な甘い匂いを放つ彼から離れられない。

ぱっくりと割られた足の間を、彼の指は自在に動き回った。

濡れた花弁をいじられる気持ちよさを存分に思い知らせた後で、指はその中心にある孔の入り口を焦らすようになぞってきた。

「っう」

それだけで身体の奥がぞくっとして、入り口がきゅっと縮んだ。まさか、中に指を入れるつもりだろうか。

さすがに体内に何かを入れられるのは、怖すぎた。だが、拒もうとする心とは裏腹に、きゅっと収縮した部分から、蜜がとろりと押し出された。

その蜜を指先で、周囲に塗り広げられた。たまらない快感に、太腿が震える。もっともっとそこをいじられたいという欲望がこみあげてきて、シャルエルは彼の上でのけぞりながら息を呑むしかない。

そのとき、彼の指がつぷりと入り口を押し開け、奥まで突き通した。

「っぁあ！」

他人の指を体内に迎え入れるのは、初めての体験だった。驚きと不安に全身が硬直したが、ひどく濡れてうずいていたそこは痛みなく指を受け入れ、それが何なのか確かめるようにひくりと締めつけた。

うずく部分に与えられた指の感触が気持ちよすぎて、手放せなくなる。根元まで入れられた硬くて長い指を、何度も締めつけることで、身体に馴染ませようとした。ひくひくと何度もからみついては、緩む襞から戻ってくる指の弾力にぞくぞくした。

「すごく、濡れている」

彼は指を完全に抜くことはなく、熱い襞がうごめくのを楽しむように、入れたり出したりを繰り返す。

「っんっ、ぁ、……っんぁ、……っ」

指がぬぷぬぷと抜き差しされるたびに、さざ波のような快感がそこから広がっていった。

――気持ち、……いい……。

いつしか全感覚で、指を出し入れされる動きを追いかけていた。これはとてもいやらしいことだと、本能的に理解してはいる。それでも、あらがいがたいほどの気持ちよさが下肢に途絶えずに流しこまれるから、逆らうことは困難だ。

体内で生き物のようにうごめく指が、さらに大胆な動きに変わっていく。

指は一度完全に抜かれ、すぐに二本になって戻された。倍増した指に中をみっしりと埋めつくされたが、苦しさはなく、甘ったるいうめきが漏れてしまう。

抜かれていくときにもぞわぞわしたが、その直後にまた指を深い位置まで押し戻された。それが何度も繰り返される。

「っぁ、……、あ、あ……っ」

指の形に押し広げられた襞が、抵抗するかのようにぎゅうっと締めつけた。ひたすらその快感におぼれていたが、すぐそばから顔をのぞきこまれているのに気づいたとき、シャルエルは反射的に自分のほうから口づけていた。

彼の顔が好きだ。その灰色の厭世的な目の表情や、唇の形。そして口づけるたびに顔面に触れるほどの、高い鼻梁。何もかも好みそのもので、こちらから求めずにはいられない。

「っんぁあ、……んぁ、あ……っ」

ぬるぬると舌がからみあう。

下肢の粘膜が掻きまわされる甘い感覚と、舌と舌の粘膜がからみあう甘さに頭が真っ白になって、灼ききれそうだった。

あまりにも気持ちがいいから、シャルエルのほうからもその指の動きに合わせて、ぎこちなく腰を動かした。

「ぐしゃぐしゃだな。もっと指が欲しいか」

唇が離れたときに、彼がかすれた声でささやく。低く甘く響くその声が、ぞくりと惑乱を呼び起こす。

何も考えられないままうなずくと、彼の指が三本に増えて戻ってきた。

「ぁ！　んぁ、……ぁ、あ……っ！」

かすかに襞が引きつれるような感触はあったが、押し広げられる快感のほうが上回った。こんなふうに指でいっぱいにされ、身体の内側から圧迫されると、たまらない快感が呼び起こされる。

ガクガクと腰が揺れた。

だが、彼は何か違和感を覚えたようだ。

「おまえ、……もしかして、……初めてか?」

指の動きが止められ、気遣うようにささやかれた。

初めてではあったが、それが何か問題なのだろうか。

中でうごめく指がもたらす気持ちの良さから、シャルエルは逃れられなくなっていた。

指をもっと動かしてもらいたくて、顔を寄せたまま懸命に訴える。

「……初めて……だけど、……もう、……どうにもならないの」

「どうにも、……ならない?」

「……ッ、そう。たすけ……て。……苦しいの。……っ、初めての、……発情期……っ」

自分の窮状を、必死で訴える。

助けてくれるのは、彼しかいないのだと本能的に理解していた。

そのためには何をすればいいのか、まるでわからないでいたが、彼はふっと笑ってシャルエルに頬ずりした。

そのしぐさがひどく甘く思えて、ずきっと胸の奥が痛む。息苦しさと同時に広がるのは、切ないような感情だ。こんなものを感じるのは初めてで、何なのかわからない。

「そうか。……ギューフは難儀だな。……苦しいのに、どうにもならないとは」

そんな言葉をかけられて、さらに息が詰まる。

息を吸うたびに、ぞくぞくと身体が痺れた。

彼と出会い、こうして身体を擦りつけることが運命のように思えてくる。

「だったら、一度おまえを満たしてやろう。どうしても、助けてほしいと言うのなら」

彼の指が、シャルエルの中でさらに淫らにうごめいた。

「っふ、……ん、……っ」

指は三本、バラバラに動く。どこまで開くのか探るように中で指を開かれ、外気が入りこむ異様な感覚に煽られた。

そんなふうに淫らに刺激されている最中にも、時折、びくんと腰が跳ね上がってしまうほど感じるところがあった。

どこでそんなふうになるのか、意識的に探ってみる。それは花弁の上のほうにある突起が、何かの拍子で刺激されたときだと気づいた。

指をねじこまれるのと同時に、そこに親指が触れる。そこを不規則に刺激されるたびに、下半身がうずくような強い快感があった。ぎゅうっと身体に力がこもる。

強すぎて痛みにも近いように感じられるほどの刺激だったが、それは甘ったるく肉をうずかせる余韻とともに消えていく。

「つんぁ、……っ」

彼は指の抜き差しを続けながらも、目の前にある乳房が気になっていたようだ。中をいじる間に顔を近づけ、しこる乳首をくわえては、ちゅ、ちゅっと吸いあげてくる。身体のあちらこちらを同時に刺激されると、経験の浅いシャルエルではどこで何が起きているのかわからなくなる。

「入れてもいいか」

切羽詰まったようにささやかれて、シャルエルは何もわからないままうなずいた。

「そうか」

彼は少し優しい声で言うと、シャルエルの腰を抱き上げた。それから、何やらもぞもぞしている。

快感のるつぼとなっていたところから指が抜き取られ、代わりに何かがその入り口に押し当てられた。

先ほどシャルエルが腰を擦りつけていた硬くて熱いものが、直接、触れているらしい。それが花弁に擦りつけられ、あふれた蜜がその先端にまぶしつけられていく。

指とはまるで違う独特の弾力と熱さを粘膜で感じとって、身体の芯がきゅんきゅんした。感じすぎて身体の力が完全に抜けるのを待っていたかのように、耳元でささやかれた。

「ゆっくりと、腰を下ろせ」

シャルエルは戸惑った。

そんなことをしたら、彼のそれが中に入ってしまう。指とはまるで大きさの違うものだ。入るはずがない。

だが、淫らな感覚に塗りつぶされた身体は、むしろそうされることを待ち望んでいたのかもしれない。

言いつけ通りに膝から力を抜くと、少しずつ腰が落ちる。

「っぁあ、あ！」

ぐぐっと入り口が押し広げられ、それが怖くて太腿が突っ張った。

だが、シャルエルの身体はほとんど彼に支えられている。腰に回されていた彼の腕の力が緩むと、またそれが少しずつ入ってくる。

いっぱいに広げられるのが怖いのに、入れられるのは拒めない。

焦れば焦るほど、膝に力を入れられなくなる。自分の身体が、こんなにままならないものだとは知らなかった。

「っぁ！　……っぁ、ああ、あ、あ、あ……っ」

体内に、すごく大きくて硬い弾力のあるものが入ってきていた。いっぱいに粘膜をこじあけられる。驚いたのは、こんなことをされても、シャルエルの身体は痛みよりも快感のほうを強烈に感じとっていたことだ。

ほんのかすかに痛みは存在するが、その痛みはむしろ、身体が味わっている快感をより深くするためでしかなかった。

シャルエルの身体は甘く溶け、たっぷりと濡れて、それを貪欲に受け入れた。襞を限界まで押し広げられる違和感は強くあったものの、そこから広がっていく快感のほうに意識を奪われる。

その恐ろしいほどの快感に導かれてシャルエルは息を吐き、ぎゅっと目を閉じて与えられたものを根元までくわえこんだ。それはひどく大きくて、呑みこまされる深さに応じて狂おしいほどの存在感を伝えてくる。

「つぁ、……っは、……は、は」

ついに腰が完全に落ちた。根元までねじこまれたシャルエルは、身じろぎ一つできない。彼もシャルエルの体内の熱さを味わうように息を詰めて抱きしめ、動かずにいた。

「きつい、な。それと、熱い」

濡れた彼の吐息が、シャルエルの耳朶にかかる。非難する響きはなく、むしろ賞賛するように響いたから、シャルエルは薄く目を開いて、彼の表情を確認した。

「痛くないか?」

ふと尋ねられて、シャルエルの胸に再びじわりと切ないような痛みが走った。

彼は悪い人ではないと、本能的に理解した。こんなときなのに、自分の欲望を優先させるのではなく、シャルエルの身体を気遣ってくれている。

「だい……じょう……ぶ」

かすれた声で答えると、彼は愛しげにシャルエルを抱きなおした。そんなふうにされるのは初めてで、じわりと涙腺が熱くなる。

シャルエルが初めてなのは、ギチギチになった襞の狭さからも伝わっていたのかもしれない。

「無理はしないでいい。このまま、少し待とう」

かすれた熱い吐息とともに、その声が耳朶に吹きこまれた。

息を詰めて、シャルエルは彼が与えてくれる感覚を受け入れる。こんなふうに、体格の違うオスに抱きしめられるのは初めてだ。

彼の肉体の感触が全身に広がり、抱きしめられたことで庇護されているような安堵感もあった。

泣きたくなるぐらい、彼を愛しく思った。ここまで愛しさがあふれて止まらなくなるのも初めてだ。彼は初めての感情を、シャルエルに強くもたらす。

だが、馬車の揺れによって、つながった身体が何度も突き上げられた。そのたびに、思いがけないところに刺激が広がる。

大きく張りだした先端が、ますます深い位置まで入っている。ほんのわずかに馬車が揺れただけでも、それが全身に響いた。

ここまで密着し、隙間なくつながっていることを余計に意識せずにはいられない。

「は、……は、……は、……は……っ」

だんだんと、自分の吐息が乱れだしていることをシャルエルは感じる。

ただつながっているだけなのに、下肢がひどくうずく。馬車の振動によって中を突きあげられるから、より感じるところにあてたくて腰をもぞもぞと動かし始めていた。

「っんふ、……ぐ、……ッん」

ぎこちなくではあったが、感じるところに彼の硬いものが当たるたびに、まぎれもない快感が広がる。

だが、その身じろぎは彼にとっては焦れったくてたまらないものだったらしい。不意に腰を強くつかまれて、下から突き上げられた。

「ぁ、……あ、……っ」

自分の体重がかかっているだけに、ぐさりと彼の熱杭が突き刺さってくるのを強烈に感じとって、シャルエルは甘くうめいた。

彼は浮き上がった腰を強くつかんで固定し、抑えていた欲望を解き放つかのように本格的な動きに入っていく。

「つぁ、……んぁ、……っあ」

その逞しい腕の中で、シャルエルのほっそりとした身体は激しく揺らされていた。

突き刺されるたびに、そこから広がる刺激の強さにすくみあがる。だが、だんだんとその大きさと刺激に馴染むにつれ、たまらない快感がこみあげてきた。

互いに言葉もなく、むさぼるように腰を動かし続けた。粘膜を押し広げては抜けていく彼の大きなものの存在を感じとるたびに、気持ちが良すぎて意識が飛びそうになる。

腰を動かすこと以外に、何もできない。

――気持ち……い、……きもち……い、……ぁ、……んぁ、あ……っ。

頭の中で、うわごとのように繰り返す。

シャルエルの体重などまるで意に介していないかのように、彼の動きは圧倒的だった。若い男がこれほどまでの爆発的な力を秘めていることを、シャルエルは初めて知った。

激しい突き上げが続くと、彼の上で腰を振ることが、自分にとってはひどく自然なことのように思えてくる。

快感を与えてくれる彼への愛しさが増していく。シャルエルは両手でその顔を包みこみ、しがみつきながら髪を嗅いだ。その匂いがより興奮を深めていく。

彼のほうもシャルエルを抱きかかえ、胸元に髪を埋めてひたすら激しく突き上げてくる。

しかし、不意に彼が動きを止めた。

焦れったくて、シャルエルはもっと淫らな動きをせがむようにきつく締めつけた。だが、彼は動かない。シャルエルは我慢できずにその上で腰を振ろうとした。

そのとき、当惑したような御者の声が意識に割りこんできた。

「あの、……到着いたしましたが」

ハッとした。馬車が停まっている。

何も考えられずにいたシャルエルの頭に、ようやく理性が戻ってきた。途端に、自分がとんでもないことをしでかしたのに気づいて、硬直する。

彼にとってもそれは同じようだ。にじんでいた汗をぬぐい、シャルエルの腰を強引に浮かせて硬いものを一気に抜き取った。

「ッん！」

自分の身体の一部のように馴染んでいたそれが、体内から消えてしまう。シャルエルは残念な気持ちとともに、受け止めるしかない。

彼は馬車の中で性急に動き、全裸だったシャルエルの身体をマントですっぽりと包みこんだ。それから、自分の服装を整えているらしい。頭までマントで包まれたシャルエルは、息を整えながらじっとしていた。

準備がすんだのか、彼はマントでぐるぐる巻きになったシャルエルを両腕で抱きかかえて、馬車から降りた。

――え……っ。

淫らなことをしていた自分を誰かに知られるのが怖くて、シャルエルはマントに包まれたまま荷物のように動かずにいるしかなかった。

下肢はまだじんじんとうずいたままだ。何もなくなったそこに、早く彼のものを迎え入れたくてたまらない。けれどさすがにこの状況では、理性のほうが上回る。

外の気配に耳を澄ませた。

「お帰りなさいませ」

馬車から降りた彼を、大勢の人が出迎えているようだ。

その前を、彼はシャルエルを抱えて無言で通り抜けていく。硬いブーツの足音が響いた。早足で歩く彼の後を、誰かが追いすがって尋ねるのが聞こえてきた。

「旦那さま、それは……」

すぐそばで、それに答える彼の声が聞こえた。

「馬車に飛びこんできたギューフだ。追われていたので、かくまった。発情しているようだ」

――発情……！

身も蓋もないが、今の自分の状態はそうとしか言いようがない。

彼は誰なのか、ここはどこなのか知りたくもあったが、それよりも切実に高まってくる身体の欲望のほうに、シャルエルは意識を奪われつつあった。

――早く……。

ジンジンと、下肢の粘膜がうずく。とろりと自分の中からあふれ出すものがあった。早くあの行為を再開してほしい。

身体の熱に浮かされて、だんだんとそれしか考えられなくなる。

彼にとってもそれは一緒のようで、シャルエルを抱きかかえたまま、足を速めた。それでも、なかなか部屋に到着しない。屋敷はかなり広いようだ。

追いすがってきた誰かが、代わりに荷物を運びましょうかと聞いたが、彼はそれを断った。

彼の腕は逞しく、何度か抱きなおされたものの、危うげがなかった。シャルエルを運ぶのに、さして苦痛は覚えていないようだ。馬車の中で感じた彼の筋肉質な肉体を思い出す。

――アンズスなの？

アンズス族は背が高く肩幅が広く、戦士としても優秀だと聞いたことがある。

彼の形のいい高い鼻も、ブルタニアの支配者層とされるアンズス族の特徴を濃厚に漂わせていたのではないのか。

性奴隷として売り出されるギューフを、経済的に余裕のあるアンズスが買い取るケースは非常に多いと奴隷商人からも聞いていた。

考えている間に、ようやくシャルエルの身体は、どこか柔らかいところに下ろされる。マントが開かれて、汗ばんだ身体が外気にさらされた。

途端に、目に飛びこんできた立派な室内の様子に、シャルエルは目を見開いた。

壁や床が、見たこともないほどきらびやかなのに仰天する。今は夜で、明かりは最低限だから、細部までは見えない。だが、鈍く光を放つように輝いているのは、金や銀がいたるところに使われているからではないだろうか。

見上げたベッドの天蓋の立派なしつらえや、そこに使われている布がひどく高価そうなことにも驚いた。

とはいえ、身体からの訴えのほうが切実だった。汗が冷えていくのすら気にならないぐらい、身体が火照っていた。

自分から足を開いて、さきほどの続きをねだらずにはいられない。

「……はや、……く……っ」

渇望があった。

乳首もピンと尖り、そこにも刺激が欲しくてたまらない。生理的な欲望に、じわりと涙がにじむ。

彼もシャルエルが欲しくて限界だったのか、一度は整えた服を乱すなり、シャルエルの身体に覆いかぶさってきた。

膝の裏側をつかまれて大きく開かれたので、息を呑んでそのときを待つ。

次の瞬間には、シャルエルの中に彼の熱く逞しいものが戻ってきた。

「つぁ！　ぁ、あ、あ！」

ぐ、ぐ、と力強く突き刺されて、その快感の強さに腰が跳ね上がる。

中断されていた分だけ刺激が倍増して、強烈すぎるほどだった。

「つんぁ、……あ、……ぁ、……んぁ……っ」

それでも身体は貪欲で、もっともっと感じとろうと強く締めつけながらのけぞった。その膝を、彼がより引き寄せて腰をベッドに縫いとめる。胸元に顔を埋められ、尖った乳首に歯を立てられた。

「ぁあ！」

その刺激になおも感じて、シャルエルは甘い声を漏らした。

馬車でのもどかしさとは、まるで違った激しさだった。解き放たれたような彼の動きによって、どれだけ馬車の中が動きにくかったのかを理解する。

「あ、……、あ、あ、あ、あ……っ」

その張り詰めた切っ先で、自分の身体の一番柔らかなところを、たっぷりと掻きまわされるのが気持ちよくてならない。彼の動きは一定ではなく、浅く深く、速度も次々と変化してシャルエルを翻弄した。

えぐられるたびに快感が広がり、止められない声が漏れる。

最後は言葉にならないぐらいの快感に襲われ、彼のものが深くまで入りこんできたのにとどめを刺されて、シャルエルはびくっと身体を痙攣させた。

「んぁ！　あ！　ああああ……っ！」

快感が身体の中で爆発し、頭が真っ白に染まる。彼の身体にしがみついたまま、初めての絶頂に翻弄されるしかない。

シャルエルの締めつけには彼も耐えられなかったようで、身体を硬直させて、小さく声を漏らした。

「あ」

その声の艶めきと、その直後に体内にある楔がひくんと脈打ったことによって、彼が自分の中で射精したのが伝わってくる。

——あ、……これ……っ。

本能的に理解した。これが、性行為だ。

おぼろげにしか知識はなかったが、それは気が遠くなるほど気持ちがよかった。

彼の精を注がれたことで襞がさらに甘くうずき、もっともっとこの気持ちのいい行為を続けたいという渇望がこみあげてくる。

注がれたものを一滴も漏らさないようにひくひくと締めつけながら、シャルエルはかすれた声でねだった。

「つも っ……と……」

「もっと、か」

彼は苦笑した。

だけど、その直後にシャルエルに愛しげに顔を擦りよせてくる。

灰色の瞳はまだ少し怖く見えたものの、それでもそのしぐさに愛しさがこみあげた。

「わかった。欲しいだけ、くれてやろう」

息を整えることもなく、彼の動きが再開される。

「っんぁ、……あ、あ……っ」

中のすべりがさらに良くなり、突き刺さる逞しい熱杭のスピードが増す。

初めての発情期に、シャルエルはひたすら鳴くばかりだった。

第二章　私を飼ってください～愛玩契約～

夢の中で、シャルエルは森をさまよっていた。

生まれ育った森よりも深く、緑が濃い。人の気配はまるでないのに、それでもちっとも怖くないのは、森の木々が自分を迎え入れている感じがあるからだろう。

幼いころから、繰り返しシャルエルはこの森の夢を見てきた。

それもあって、行ったことはないはずなのに、どこか懐かしい。木々の梢を透かして空を見上げれば、そこには天まで届くような大きな樹がある。

いつか、その樹にも登ってみたかった。

どこまで登れるのだろうか。

その高い位置から見下ろした地上はどんな眺めなのだろう。

シャルエルは大きな樹から視線をそらし、夢の中で森を歩いていく。

ここはいつか、自分が戻るべき場所。

愛おしく、懐かしいふるさと――。


目が覚めたとき、シャルエルは自分がどこにいるのかわからなかった。

ここは夢の中の森ではない。シャルエルが育ったウェールズの森の住まいでもなく、少し前まで囚われていた奴隷商人の倉庫でもない。

発情期に入った自分が身体の熱に浮かされて、初めて出会った男と淫らなことを夜通し続けた記憶が蘇る。

最後はくたくたになって、眠りこんでしまったのではなかったか。

身体はひどく重く、だるかったが、満たされた感覚は残っていた。初めて男を受け入れた部分が、快感の余韻を宿してじゅくじゅくとうずき続けている。

発情期は一週間ほど続くと聞いたから、まだ収まっていないのだろうか。

――ここはどこ？

すでに朝になっていて、室内は明るい。

大きな窓を覆う鎧戸の隙間から、朝の光が差しこんできていた。

ベッドを取り囲む豪華な天蓋の布の隙間から見える室内は、とにかく広かった。

天井が高く、壁紙も美しい。柱や天井には隙間なく漆喰細工(しっくいざいく)が施され、金箔が張られ、さまざまな色に塗り分けられている。

ベッド以外の調度品も、見たことがないほど立派だった。

金箔や象嵌細工(ぞうがんざいく)などで飾られた、机や棚。この一室だけでも、シャルエルが爺と暮らしていた森の掘立小屋がすっぽりと入るぐらいはあるだろう。

何より、ベッドの寝心地が比較にならない。

シャルエルがずっと馴染んでいた藁(わら)のベッドとはまるで違っていた。何の素材で作られているのかわからないが、ふんわりとした素材を分厚い布で包んである。飛び出した藁が肌をちくちく刺すことはなく、柔らかだ。

今まで住んでいた掘立小屋は、雨が降れば水が漏ったし、風が吹けば家全体が大きく揺れた。

外の自然と一体化したような住まいで育ったシャルエルだったから、こんな立派な屋敷にいるだけで落ち着かなくなってくる。

——……何も考えずに飛びこんでしまったけど、あのかた、……このようなところに住むぐらい、身分のあるかた、ってことよね？

強く記憶に残っているのは、まつげの長い、鼻の高い端整な顔立ちと、灰色の憂鬱そうな瞳だ。それに、シャルエルを抱きしめてきた力強い腕の感触。若い男の逞しい身体の重みや、自分をむさぼった指と、唇の感触。

思い出しただけで、ドキドキしてきた。

彼と一晩中、淫らなことをした。昨日までの自分とは、何かが違ってしまったような気がする。

そのとき、ドアが開いて誰かがやってくる気配があった。ベッドは三方を布で覆われていたから、ドアのほうは見えない。全裸だったシャルエルは、慌ててベッドのシーツを引き寄せてくるまった。すると、ベッドの天蓋にかかった布の開いていた側に誰かが立ったのがわかった。

「服を持ってきてやったぞ」

そんな声と同時に、シャルエルの身体の上に乱暴に何かが投げこまれた。

シャルエルは蓑虫のようにシーツにくるまったまま、上体を起こして相手を見る。

朝の光の中で見えたのは、昨日の彼だ。

どこか皮肉気なまなざしと整った鼻梁は記憶通りだったが、あらためて見た彼の高貴なる雰囲気に、シャルエルは息を呑む。

彼は完全に、貴族そのものの服装だったからだ。

長身で、肩のあたりの筋肉がしっかりとしているのが服によって強調されている。身につけているのは、金銀の装飾のついた膝まであるブルーの長衣だ。

金の装飾がついた立ち襟も高価そうなものだったし、そこからのぞくレースは見たことがないぐらい幾重にも重なっている。服のあちらこちらがキラキラと輝いて見えるのは、そこに宝石やビーズなどがふんだんに縫いこまれているからだろうか。

——触るのが怖いぐらい、高価な服。

赤銅色の軽くウエーブした肩までの髪が、彼の整った顔を縁取っている。

このような立派な装いを、間近で見たことがなかった。シャルエルは固まったまま、まじまじと彼を見つめるしかない。

だがそれを、彼は誤解したらしい。完全に見下す目をした後で、シャルエルから目をそらせた。

「なんだ、口がきけないのか」

その態度にかちんときた。

「きけるわよ！」

反射的にそう答えて、シャルエルはハッと息を呑む。

彼の表情がどこか面白そうに変化したからだ。考えてみれば、ちゃんと昨日、彼と言葉を交わしている。からかわれただけに違いない。

だが、貴族にこんな態度を取ったら、どんな報復があるかわかったものではなかった。

村では役人に逆らった者が、鞭で叩かれて血まみれにされていた。

「その、ご……無礼を。その、……昨日は、私……」

濃厚な情事が思い出された。

自分がどれだけ不埒なふるまいをしたのか、自覚がある。いきなり彼の馬車に飛びこんで、その膝の上に馴れ馴れしく乗っかり、キスを奪ったのだ。さらに、その先も。

その言葉に、彼は口元に拳を押しつけて、ふふ、と笑った。その顔を正視できず、深くうつむきながら、シャルエルは耳まで真っ赤になった。

「……私、……いつもこんなではない……のです。……昨日は、……初めての、発情期だったから」

「そのようだな。誰かから逃げていたようだが、どういうことだ？」

口調は強くはなかったが、どこか逆らえない響きがある。他人に命令することに、彼はひどく慣れている。

「ええと、……その」

シャルエルは口ごもった。

正直に答えたら、自分は奴隷商人に引き渡されてしまうだろうか。

初めての発情期を迎え、無我夢中で彼と関係を持った。それによって、性行為がどういうものなのか、シャルエルは体感として知ってしまった。

肌を密着させ、身体の中に相手の一部を受け入れる行為だ。自分が望んだ相手ならまだしも、それを誰かれかまわずするなんて、考えられない。

想像しただけで、嫌悪感でぶるっと震えてしまう。

だからこそ、シャルエルはぎゅっとシーツを握りしめ、必死で懇願した。

「……ここに置いて、ください」

うつむきながら、自分を置くことの利点を探そうとした。

「私はとても健康で元気だし、よく働くわ！　パンを作るのが上手なの。それに、得意なのは、ハチミツを採ることよ」

「ハチミツを？」

彼が不思議そうに繰り返した。

シャルエルはようやく顔を上げて、力強くうなずく。村にある甘味料は、ハチミツだけだった。養蜂は州長官によって禁止されていたから、村のものは迂闊に手を出せない。

村の中に住んでいなかったシャルエルと爺だけは領主の管理から逃れ、森の奥深くに巣箱を置いて、そこからハチミツを採っていたのだ。

たまに天然の巣を見つけて蜜を採るときにはハチに刺されることもあったが、そんなのは収穫の喜びに比べたら、何でもない。とにかく、甘味は貴重だ。

「狩りのときに、勢子などがハチの巣を見つけて、採っていることがあるな。棒の先につけた布に火をつけて、煙でいぶすとか。それを、おまえが？」

自分を売りこむチャンスだと思って、シャルエルは必死でうなずいた。

「そうよ！　ハチは煙が苦手なの。煙を噴きかけると、蜜をたっぷり吸って、おとなしくなるのよ。じぃじが言うには、山火事と間違えてるんじゃないかって。――私は木登りも上手だし、穴を掘るのも得意よ。どんな場所にハチが巣を作っていても、採れなかったことはないわ！」

「なるほど？」

彼は軽く笑って、そばにあった椅子に座り、長い足を高々と組んだ。そんなポーズを取られると、彼のスタイルがどれだけ良いのかを思い知らされる。

話を聞いてくれそうな気配を察して、シャルエルはさらに頑張ることにした。

「床も磨くし、掃除も得意なの。炊事も洗濯も、一通りできるわ。だから、……何でもします。ここに置いてください」

最後は下手に出て懇願してみたのだが、彼はそっけなく顔を背けた。

「ギューフは発情期に入ると、使い物にならないっていうからな」

その言葉に、ぐうの音も出なくなる。

それでもシャルエルは、必死になって食らいつくしかなかった。

「発情期に入っても、働くわ。昨日のは、何かの間違いだったの。……初めてで、よくわからなかった、ってだけなの。これからは、発情期に入っても、誰にも気がつかれないぐらいに、頑張って働くから」

そんなことができるのか、自分でもわからない。だが、ここから追い出されて、奴隷商人に引き渡されるのは避けたかった。

奴隷商人に市で売られ、毎日裸にされて性奴隷として扱われたら、つらくて死んでしまうかもしれない。

彼以外とあのようなことをすると思っただけで、嫌悪感でじわりと涙が浮かぶ。うつむいて手でぬぐっていると、彼が冷ややかに言葉を重ねてきた。

「発情期に、ギューフが頑張って働くなんてできるのか？　できないことは、約束しないほうがいい」

その言葉がぐさりと心に突き刺さる。それでも、シャルエルは反射的に言い返した。

「本当よ！　……働きたいの……っ」

言ったものの、しっかりと確信を持って約束できない自分が歯がゆく思えて、ボロボロと涙があふれた。

どれだけ発情が自分の理性を壊すものか、昨日で思い知らされていた。

——知らない人の馬車に飛びこんで、いきなり……したわ。せずにはいられなかったわ。

あれがどれだけ異常なことか、身体の熱が少しは収まっている今なら自覚できる。

それでも、またあの欲望がこみあげてきたら、自分は何をしでかすかわからない。

「……知らなかったの、私。自分がギューフだったなんて」

泣き落としだとは思われたくない。

乱暴に涙をぬぐいながらも懸命に自分の境遇を訴えたのは、彼に雇ってもらえなければ、奴隷商人の元に戻されてしまうという恐怖が存在していたからだ。

彼は冷静にシャルエルを観察しながら、膝の上で軽く指を組んだ。

「そういうものなのか？　ギューフはいつ、自分がギューフだと気づくんだ？」

「あなたはアンズスよね？」

シャルエルは聞いてみた。

彼の容姿は、アンズス族の特徴を色濃く漂わせている。長身に、肩幅の広いがっしりとした身体つき。長い手足。彫りの深い、整った顔立ち。

今や純粋なアンズスは少ないと聞いていたが、ブルタニアを支配するのはアンズスの純血種だそうだ。

「そうだ。俺は生まれながらにアンズスだという自覚があった」

いかにもという容姿だから、彼がそう思うのは当然かもしれない。彼のような支配階級は別として、今はアンズスとマン族とギューフは交配を繰り返し、三つの種族の血は入り混じっている。

「ずっと自分は、マン族だと思って育ってきたの。奴隷商人が来て、初めて自分はギューフだって知らされたのよ。養い親のところから、少し前に回収されたばかりなの」

「おまえを追っていたのは、奴隷商人か？」

「そうよ。ギューフを専門に扱う人たち。彼らは鍛え抜かれた勘で、ギューフの子を見分けられるんですって。貧しい親から生まれたギューフの子を幼いころに買い取って、養い親に預けるの」

　涙をぬぐい、シャルエルはさらに訴える。

「私も、たぶんそうやって、親元から買い取られたのよ。森の中で、じぃじに育てられたの。じぃじは私の身内ではなく、養い親だったの。奴隷商人がやってきて、じぃじから無理やり引き離されて、檻に入れられて、このロンディウムまで連れてこられたわ。発情期が来るのに合わせて、市に出されて売り払われそうになってたの。だけど、そんなの嫌だわ。……隙を見つけて逃げたのよ。だから、……あいつらのところに戻さないで。……売られたくないの。何でもします。……っ、お願いします」

　また感情が昂って、シャルエルはボロボロと泣いてしまう。

　自分を正当化したいというより、わかってもらいたい気持ちのほうが強かった。

　しかし、それを聞いても彼は同情のかけらも見せず、皮肉気に肩をすくめただけだ。

「だが、奴隷商人から逃げたところで、することは一緒だったな」

「えっ」

彼が何を言っているのか、一瞬、理解できなかった。

逃げたところで、自分と性行為をしたのだから、しょせんは一緒だった、という意味なのだろうか。

そのことが理解できた途端、シャルエルはショックのあまり、身体を震わせずにはいられなかった。自分の立場もわきまえず、強い口調で否定する。

「違うわ！　ああいうのは、……自分で選んだ人とじゃないと、……ダメなの！」

感情が昂って、またじわりと涙があふれた。

昨日、どうしようもなく彼に惹かれた。あの匂いを嗅いだ途端、何もわからなくなった。

彼のほうもシャルエルを激しく求めてくれたように思えたのだが、違うのだろうか。

飢えるほどに彼を求めた。

「自分で選んだ人？」

不思議そうに、彼が首をかしげる。

その大仰なしぐさが、作り物のような綺麗な姿によく似合った。

もしかして彼にとっての自分は、いきなり飛びこんできたただのギューフに過ぎないのだろうか。性行為をねだられ、それに応じてやったのは、彼にとっては恩恵を与えてやったに等しいのか。

昨日、交わした言葉が記憶の奥底に残っている。

そうかもしれないと思い当たってゾッとしたが、それでもシャルエルにとっての彼は、すでに唯一無二の存在だった。

彼に抱きしめられて、どれだけ安堵し、愛しく思ったかわからない。

そのことをわかってもらわなければならない。

「あなたから、……いい匂いがしたの」

シャルエルを惹きつけたのは、彼から漂うたまらない匂いだった。それを嗅いだ瞬間、身体が痺れて、頭がぼーっとした。

その匂いに引き寄せられ、そうされることがあらかじめ定められていたかのように彼と関係を持った。

だけど、匂いだけではないのだ。彼の姿と心に、たまらなく惹きつけられていくのがわかる。そのまなざしや鼻梁、唇の形。肩に乱れかかる髪にいたるまで、何もかも好ましく、見ているだけでも胸が苦しくなる。

――特に好きなのは、……しぐさなの。

また彼に抱きしめられたくなる。

初めてつながり、強く抱きしめられたときに感じた愛しさが心に克明に刻まれていた。

――それに、目よ。灰色の目。

どこか厭世的で、こうしていると感情が読み取れない。

だけど、昨日、抱きしめられているときにはその奥で激しい欲望が燃え上がっているのを見た。その輝きを、また見たい。

「あなたは、私にとって……特別なの」

気持ちとともに、必死になって言葉を押し出す。

告白にも似た想いの吐露だ。

震えるほど精一杯伝えたのに、彼はその言葉に応えることはない。

言葉はむなしく空に消え、彼はシャルエルを見据えたまま足を組みなおしただけだった。

自分の気持ちが一方通行でしかないことを、シャルエルは痛いくらい思い知った。

じわりとまた涙があふれ、シャルエルはうつむいた。泣きすぎて、鼻水まであふれてきた。

それをシーツでぬぐっていると、彼の声が響いた。

「発情期とは厄介なものらしいな。ギューフとそのつがいは、匂いによって結ばれるとか。俺とは、たまたまその匂いが合致したということか」

たまたま、という言葉が、ズキンと胸に衝撃を与える。

「そうよ」

「だが、俺はおまえのつがいになることはできない。いずれは、アンズスのメスを娶らなければならない立場だ」

それがさきほどの告白の返事だと理解して、シャルエルは目を見開いた。

シャルエルにとっての彼は、運命の相手だ。だが、彼にとっての自分は単なる偶然の一致に過ぎないのだろうか。

――アンズスのメス。

その言葉が耳の奥でわんわんと響く。

決められた相手がいるものに、自分は強引に関係を迫ったのだろうか。その不実さを思うと、じわじわと息が詰まってくる。

だが、発情期の熱は決められた相手がいるかどうかなんて考えられないほど、激しいものだった。

「恋人が……いるの？」

「いや。特定の相手はいない」

そこで彼は言葉を切って、じろじろとシャルエルの全身を眺めた。

なんだか見定められているらしいのを感じとって、シャルエルは居心地の悪さに身じろぐ。寝起きで髪はぼさぼさだし、服も身につけていない。シーツを適当に巻きつけただけの姿だ。

「なかなか、姿形の整ったギューフだな。俺とは身体の相性もいいみたいだから、行く場所がないというのなら、置いてやらないこともない」

そんなふうに言って、彼が椅子から億劫そうに立ち上がった。

シャルエルが座っているベッドまで歩み寄り、膝をかけ、顎を上げさせて顔をさらにじっくり眺めてくる。

自分の姿には自信がなかったが、さきほどの彼の言葉が唯一のよすがだ。

シャルエルはじっと動かずに、彼の裁定が下るのを待つしかない。

間近から顔を見られて、どこを見ていいのかわからない。

視線をそらすと彼の服の豪華さを思い知らされ、気圧された。

「発情期に入ったギューフは、誰かれかまわずに盛るそうだ。だが、特定の相手とつがいの契約を交わしたら、その相手にしか発情しなくなると聞いたが、本当か」

確認するように問われて、シャルエルは戸惑った。発情期のことさえもろくに知らない新米のギューフだったから、その仕組みやつがいの契約についても、もちろんわからない。

「そう……なの？」

「俺が、おまえに聞いてる」

彼は言った後で、くすりと笑った。

そうすると、きつく思える表情が緩んで、どこか人懐こさが漂う。そのことに、シャルエルの心臓は大きく音を立てた。

端整な顔立ちだけに、その表情の変化に見惚れてしまう。また笑みを浮かべてほしくて、視線が離せずにいた。

「ええと」

まともに答えられずにいると、彼のほうから教えてくれた。

「ギューフはもともと、つがいの相手としか性行為はしないそうだ。匂いによって自分と適合するパートナーを見つけ、つがいの契約をすれば、一生、その相手だけをひたむきに愛するのだと。——そんなギューフとつがいの契約をすれば、したほうも、それがアンズス族であれ、マン族であれ、そのギューフにしか発情しなくなると聞いた」

「そうなの？」

だったら彼を自分のものにできるのかもしれない。そんな期待に、鼓動が少しずつ速くなっていく。こんなふうに、相手の言葉一つ一つに感情が大きく揺さぶられるのは初めての体験だった。

「だが、俺はおまえとつがいの契約はできない。俺の一族は、成人して十年以内に、アンズスのメスと結婚して子を成すことを課せられている。おまえと契約をしたら、アンズスのメスと子を成すことができなくなる。……まぁ、それまでには多少、時間があるが」

つがいの契約を交わさない理由を、彼は律儀にシャルエルに説明してくれているようだ。

——やっぱり、この人、アンズスの純血種だわ。

血統を守る必要があるからこその、アンズスのメスとの結婚なのだろう。

思い当たった瞬間、自分との身分差を思い知らされ、シャルエルは息苦しさを覚えた。

村では誰もが平等に貧しく、食べていくだけでいっぱいいっぱいだった。だから、身分差のようなものはあまり感じなかった。だが、州長官はじめ王の役人が姿を現したときには、頭を上げてその姿を直接見ることすら許されていなかった。

「あの、……ご無礼を」

言いながら、シャルエルはベッドから出て床で平伏しようとした。

だが、彼は素早くその身体を脇で抱き留め、からかうようにベッドに引き戻した。

そんなふうにされると、彼とはやはり体格が違うことを思い知らされる。それは、男と女というだけの体格差を超えていた。

彼はシャルエルを腕の中に収めて、柔らかく笑った。身体と身体が触れ合っていると、どこか気安さが生まれ、全身からふわっと力が抜けていくのを感じる。

それくらい、彼の感触はシャルエルに馴染んでいた。

何より、彼の表情の一つ一つに魅せられた。ずっと彼を見ていたい。一緒にいたい。それがシャルエルの望みとなっていく。それしか考えられなくなってドキドキと胸は高鳴るし、触れられているところを強く意識してしまう。

「誤解するな。まずは、おまえとの条件を確認しようとしているだけだ。俺はおまえと、の、ほんのひとときのお遊びなんだが、俺はそんな残酷なことはしない」
つがいの契約を交わし、愛人として侍らすのが宮廷では流行っているそうだが。独身貴族
つがいの契約は交わせない。理由は、さっき言った通りだ。美しいギューフを手に入れて

——残酷って？

彼の言っている意味がわからなくて、シャルエルは瞬きをした。

つがいの契約を交わしたら、互いに相手が唯一無二のものになる。つがいの相手以外には発情しなくなるから、婚約者と一定期間内に子を成さなければならないと定められている純血種のアンズスは、たとえ愛人扱いだとしても、ギューフとつがいの契約を交わすことはできない。

そこまでは理解した。

——だけど、残酷って？　独身貴族の、ほんのひとときのお遊び？

どういう意味かと考えて、シャルエルは五回瞬きした後で理解した。

「つがいの契約って、そのどちらか片方が死ぬまで有効なの？　だから、独身貴族はほんの少しだけギューフと遊んで、結婚する前にそのギューフを殺して、アンズスのメスと子を成すってこと？」

「……そうだ。よくない、宮廷のお遊びだ」

その言葉に血が凍った。

ギューフを殺すことが前提だ。彼が出入りする宮廷において、ギューフは人として扱われていない。

怖くなって、シャルエルは小さく震えてしまう。その身体を、彼がそっと抱き寄せた。

「大丈夫だ。俺はギューフであっても、簡単に殺すようなことはしない。だから、おまえとは契約を結べない」

そこまで言われて、シャルエルは納得した。

小刻みに震えながら、うなずくしかない。殺されるのが前提でつがいの契約を結ぶなんて、さすがに怖すぎる。

「わかったわ。……だけど、どうするの？　置いてやらないこともないって言ってたけど、働かせてくれるの？」

「あいにく、ここではパン職人は足りているし、使用人の数も十分だ。ハチミツにも不自由していないしな。それに、おまえのような美しいギューフは、買い取るのに金がかかる。金貨二枚は必要だろう」

「金貨……二枚…って…」

美しい、といわれたことよりも、とんでもない金額を言い出されたことに仰天した。

シャルエルにとって馴染みの深い貨幣は、銅貨だ。ジャガイモ五十個ぐらいが、銅貨一枚分だろうか。

金貨が一枚あれば、一生ジャガイモには困らないぐらいだ。

何かの間違いに違いない。

「そんなはずないわ、私が」

「自覚がないのか？」

シャルエルの言葉に、彼は愉快そうに笑った。

顔をすぐそばまで寄せられ、じっくりと眺められる。

「透き通るような白い肌に、豊かな黄金色の髪。あと少し成長したら、もっと綺麗になるだろう。まだ肉が薄いが、抱き心地のいい、すんなりとした身体つき。容姿に優れたギューフを城ではさんざん見てきたし、兄が連れ歩いているギューフが一番上等だと思っていた。だが、おまえはそれを上回る」

そんなふうに言われて、シャルエルは戸惑うしかない。

シャルエルの家に、鏡はなかった。自分の姿を映すことができたのは、水面ぐらいだ。

シャルエルにとっては彼のほうがよっぽど麗しいし、見とれてしまうほど魅惑的なのだが、彼の目に自分がそれなりに見えているのだったら、それはそれでとても嬉しい。

――だけど、きっとひいき目に見えているんだわ。彼と私は、すごく匂いの相性がいいから。

それにしても、金貨二枚というのは何かの間違いだ。値切ったら銀貨数枚か、もしかしたら銅貨にしかならないかもしれない。奴隷商人がどれだけの額で幼い自分を親元から引き取り、爺にどれだけの養育費を支払ったのかわからないが。

「私を買い取ってくれたら、必死に働いてお返しするわ。きっと、実際に交渉したら、そんなに高くはないはずよ。だから、……お願い。助けてください」

シャルエルはぎゅっと拳を握った。

「私は、あなたとしかしたくないの。……見ず知らずの相手に売られて、毎日、あんなことをさせられたら、……死んでしまうわ」

「俺も見ず知らずの相手だが」

「だから、あなたは違うって、言っているでしょう……！」

全く彼がわかってくれないので、シャルエルは憤慨した。

彼が自分を選んだのではなく、シャルエルが彼を選んだのだ。

匂いに導かれた。

彼は運命の相手だ。

自分とつがいの契約を結んでくれない理由があるのは理解したが、それでもそばに置いてほしい。

彼から離れたくない。見つめているだけで、目頭が熱くなる。

――あんなふうに抱きしめられたいのは、この人だけなの。

息が詰まるほどの抱擁や、身体の中に彼を感じること。あんなのは初めてだった。すでに彼の刻印を刻まれてしまったのだから、もう二度と離れたくない。

胸を痺れさせるこの感覚が何なのか、まだシャルエルにはわからないでいた。

「あなたは、……誰なの？」

ようやく、その質問にたどりついた。

今まで、いくつかヒントはあった。

彼が出てきた立派なお屋敷。きらびやかな馬車に刻まれていた、二匹の黄金の龍の紋章。ブルタニアでは、紋章は爵位を持つ貴族にしか許されてはいない。その紋章を、どこかで見た覚えがあった。それがどこなのか、思い出せなかったが。

「そんなことも知らずに、俺の馬車に飛びこんできたわけか」

彼の皮肉気な物言いは相変わらずだ。

物知らずな田舎者だと言われているような気がして、ズキズキと胸が痛んだ。

それでも、これ以上泣きたくなくてぎゅっと身体に力をこめる。泣き落としだと思われたくない。ちゃんと、話がしたいのだ。

「悪かったわね」

「悪くはない。むしろ、俺のことをまるで知らないなんて、新鮮だ。俺はモデストロ・アウレリオ。ブルタニア王国の、第二王子」

——第二王子……？

信じられない言葉に、シャルエルは大きく目を見開いた。

名のある貴族の一員であるのは間違いないと思ってはいたが、王族の一人とまでは思っていなかった。

言われてみたら、すべてに合点がいく。

だからこそ子を成さねばならない一族の決まりがあり、アンズスの純血種なのだ。

すうっと、顔から血の気が引いた。

あまりの身分の高さに、今までの自分のふるまいがとんでもなく思えてきた。

シャルエルは震えながら、声を押し出した。

「……第二王子というと、……ブルタニアの王様の……息子……なのでしょうか？」

当たり前のことを聞いてしまう。モデストロは驚愕した様子のシャルエルを見て、ますます楽しそうな顔になった。

「そうだ」

「第二王子ってことは、……第一王子もいらっしゃるのでしょうか？」

「急にかしこまらなくても、今までの無礼な調子でかまわないぞ。俺には、兄がいる。ただ、ブルタニアの王位は、長子に優先されて与えられるわけではない。俺にも兄と同じように、王位継承順位第一位が与えられている」

——え?

ますます相手がとんでもない人物だという感覚が膨れ上がった。

「次の、……王様に、なる、の?」

「その可能性があるというだけだ。十中八九、兄が継ぐことになるだろうが。まぁ、『王の証』が現れないかぎり、俺が継ぐことはないはずだ」

「『王の証』?」

聞いたことのない言葉だった。

モデストロはシャルエルから離れてベッドから降り、元のように椅子に座った。長い足を持て余すように投げ出して説明してくれる。

だが、シャルエルからは逆光だったこともあって、玉座に座っている貴人の姿にも見えてしまう。

「……ここに、……こめかみのところから、真っ赤な髪が二房、左右両方から生えてくるそうだ。その髪が生えた者には神の力が宿り、ブルタニアに降りかかる禍(わざわい)を祓(はら)う力があるとされている。だが、そのような特徴を持つ王はしばらく出ていない。ただし、『王の証』が現れさえすれば、自動的にその者が次の王となる」

シャルエルはモデストロをまじまじと見た。

肩の下まである長い髪は赤銅色で、鮮やかな赤い色は交じっていない。

「生えなかったら、どうなるの……でございますか？」

元通りの口調に戻れずに言うと、モデストロはにやりと共犯者のような笑みを浮かべた。

「そんなに恐縮しなくてもいい。普通に話せ。すでにおまえとは、朝まで何度も契った仲ではないか？」

その言葉に、昨夜のことを思い出す。手足をからめあい、深くまでつながって、忘我のときを過ごした。

モデストロがシャルエルの無礼を許すのも、そのときの記憶があるからかもしれない。身体をあれほどまでに重ね合わせることは、百回の食事よりも男女の距離を縮める。

「俺に『王の証』が出なかったら、次の王は兄が継ぐ。俺は万が一、兄に何かあったときのスペアであって、兄と張り合うつもりはない。単なる無駄飯食らいに過ぎないから、身分差など感じる必要もない」

モデストロは気取りも気負いも感じさせずに、さらりと言い切った。

次の王位を継ぐ資格があるというのに、まるで執着を示していないのが、シャルエルには不思議に思えた。初対面に近いシャルエルにこんなふうに説明するからには、王や兄をはじめ、他の者にもこのような態度を明らかにしているのだろう。

モデストロはさらに、言葉を継いだ。

「堅苦しいことは考えなくていい。おまえはまず、服を着るところから始めろ」

モデストロはそう言って立ち上がり、ベッドの布と一体化していた服を拾い上げて、シャルエルに差し出した。

言われて、シャルエルはようやくその服を見た。

シャルエルが今までウェールズで着てきた服は、とにかく丈夫なだけが取り柄の、武骨な羊毛のワンピースだった。ブルタニアでは古くから羊が飼育されており、毛織物の生産も盛んだ。息が白くなる時期にはその上に毛皮をまとい、獣と間違えられるような風体で暮らしてきた。

だが、新しく渡された服に触れると、すごく柔らかく、軽いことに驚かされる。

二重に生地が重ねられていて、上になっているレースには手のこんだ細かな花の刺繍が施されていた。その卓越した技術に釘付けになる。

「すごく手間がかかった服だわ」

一つの花の部分を作成するだけでも一昼夜はかかるだろう。そんな細かな刺繍が、ローブ状になっている服の襟や裾をくまなく縁取っている。

「とても綺麗ね」

服から目が離せなくなる。刺繍に使われているのは、高価な金と銀の糸だ。小さな透明なビーズもところどころに縫いこまれ、動かすたびにキラキラと輝く。

美しすぎて、それが服だという認識を持てないままぼんやりしていたら、モデストロが顎をしゃくってうながした。

「眺めるのではなく、着ろと言ったんだが」

「えっ」

着てもいいのだろうか。

こんな素敵な服を着た自分の姿が想像できない。

それでも身に着けてみたくて、鼓動が高まってきた。シャルエルは服を手に、モデストロがいるのとは反対側の床に降り立った。

そちら側はまだ天蓋の布が垂らされていて、薄暗い。

モデストロに見えないように、天蓋の布に隠れて着替えはじめると、声が聞こえた。

「恥ずかしいのか？　昨日はさんざん、俺に見せてくれたくせに？」

からかうような口調に、女の気持ちがわかっていない男だとため息をついた。

「そうよ。恥ずかしいの。昨日と今日は、また別なのよ」

持っていた服を、シャルエルは両手でつかんで掲げてみた。

さきほどの服はワンピースだったが、その下に着る肌着も合わせて渡されていた。まずは白くて丈の長い肌着を身につけ、その後で頭からワンピースを被っていく。

肌に触れる生地の感触が、ひどく柔らかくて気持ちがいい。肌の上をすべっていく布地は、まるでちくちくしないし、ごわごわもしていない。

森ではワンピースは下生えに引っかけないように脛ぐらいの丈で、膝下にはカバーをつける形だったが、これはくるぶしまである。しかも、腰を縛るのは縄ではなくて、美しい花の模様のついた飾り帯だ。

きゅっと胸の下で締めてドキドキしていると、モデストロが言ってきた。

「着替えたら出てきてくれ。いい加減、腹が減った」

モデストロの声は少し皮肉がかっているのだが、響きは柔らかい。彼が悪い人ではないことは、昨日、身体を重ねたときにも伝わってきていた。

初めてのシャルエルが痛みを感じないように気遣ってくれたし、自分の快感を優先させるのではなく、ともに快感をつむごうとしてくれた。

互いに興奮して身体の熱に押し流されてはいたが、自分だけ気持ちよくなればいい、という身勝手な人ではないとわかっている。

急かされたので、シャルエルはベッドの外側を回りこみ、モデストロのほうに向かった。歩くたびにワンピースの裾がふんわりと揺れ動いて、足にまとわりつく。こんなふうに服が風を孕む感じをシャルエルは初めて味わって、思わず立ちすくんだ。

――素敵。

そう思うと、自然と笑顔になった。

その顔をそのままモデストロに向ける。彼はハッとしたように瞬きをしてから、満足そうにうなずいた。

「ああ。とてもよく似合う。やはり、磨けばそれなりのものになるな」

「こんな素敵な服は、着たことがないわ」

シャルエルは踊るような足どりで、ふわっと一回転してみせた。裾が揺れ動く様子は、見ているだけでも楽しい。縫いこまれたビーズが、きらきらと光をはじいて輝くのだ。

「おまえはドレスを身につけたこともないのか？」

「ドレスって、裾がもっとぶわって広がったもの？　ええ、もちろんよ。そんな身分じゃないもの」

村ではまるで見かけなかったが、ロンディウムに来てから何度か、ドレス姿の貴婦人を遠目に見たことがあった。

贅をつくした豪華な生地に、ウエストが絞られた独特のシルエット。

自分とは違う世界の、特別な存在に見えた。

だけど、完全に貴族の装いをしたモデストロのそばにいるのには、そういう服装のほうがふさわしいかもしれない。そう考えたら、なんだか寂しくなった。

「ま、じきにドレスを着たときの作法も身につけろ。まずは、食事に行くぞ」

そう言い捨てて、モデストロは立ち上がる。

――ドレスを着たときの作法？

その言葉にびっくりする。自分がドレスを着ることなどあるのだろうか。

「待って。ドレス、着るの？　私が？　そもそも、ここにいてもいいの？」

奴隷商人に引き渡されずにすむのだろうか。

「ああ、おまえを追っていた商人を見つけ出して、話をつけておく」

その言葉に、シャルエルの目が輝いた。

「ありがとう！　私、……頑張って働きます！」

胸がいっぱいになる。モデストロと引き離されずにいるのが、本当に嬉しい。彼のそばで働けることが。

その声の響きも毎日聞きたいし、その美しい姿も目にしたくてしかたがないのだから。

嬉しさのあまりモデストロの腕をぎゅっと両手で握る形で、抱き着いた。

モデストロのためだったら、どんな危険な場所にあるハチの巣でも採ってみせる。そんな気概でいっぱいになる。

「働く？」

モデストロが不思議そうにつぶやいた瞬間、シャルエルの腹のあたりから音がした。空腹のときに、よく聞く音だ。

盛大に響いたから、モデストロにも聞こえたらしい。慌てて手を離して、またその音がしないように深呼吸したが、モデストロは口元に拳をあてて、くすくすと笑っていた。

また笑ってくれたのが嬉しい。その笑顔に、釘付けになる。

「空腹だったのは、俺だけじゃなかったみたいだな」

「……そ、……そうみたいね」

せっかく素敵なワンピースをまとっているのに、中身はまるで洗練されていないと思い知らされて、シャルエルは身の置き場がなくなる。

「おまえ、——そうだ、名前は？」

「シャルエル」

「そうか。シャルエル。うちの食事を気に入ってくれるだろうか」

そう言って、モデストロはシャルエルをエスコートするように優雅に手を差し出した。

どんな食事であっても、昨日の昼から何も食べておらず、そもそも粗食に慣れきっていたシャルエルにとってはご馳走に違いない。

そんな自分のどんな反応を期待しているのかと、シャルエルは危ぶんだ。

目の前に差し出されたモデストロの手を、まじまじと眺める。

触っていいと許されたようで嬉しい。

だが、モデストロの手をどう取っていいのかわからない。

とりあえず腕にそっとてのひらを重ねてみると、彼は楽しげに微笑んで、その手をおそらくは作法通りに組みなおしてくれた。

空腹だったシャルエルの前に、数々の料理が並んでいく。

待て、を解除されるやいなや、シャルエルはちらちらとモデストロを眺めながら、まずはパンを手に取った。

パンは手でちぎって、食べていいようだ。

あまりの美味しさにパンばかり食べていたら、モデストロが珍妙な生き物を前にしたように眺めていることに気づいた。

「どうかした？」

聞くと、モデストロは優雅に軽く肩をすくめた。

「いや。ただ、パンしか食べないのかと気になっただけだ」

「あまりにパンが美味しいから、離れられなくなっていたの。まずはこれからなのよ」

テーブルにずらりと並んだフォークやナイフなどの使い方がわからないと、正直に白状したほうがいいだろうか。モデストロを真似ようにも、彼はまだスープしか飲んでいないから、パンにしか手を出せないでいた。

「なるほど？」

シャルエルの前の籠に、モデストロの合図を受け、追加でパンが盛られていく。深皿にたっぷり入ったスープを始め、テーブルには何皿にも分けて、分厚いベーコンに豆料理、魚料理が運ばれていた。

だが、パンだけでも満足ではあった。

出されたパンは今まで食べていた黒くてもそもそとした酸っぱいパンとは違い、白くてふわふわしている。嚙めば嚙むほど美味しい。そうなると、やたらと嚙み続けずにはいられない。

モデストロの住んでいる屋敷はとても広く、高い壁に守られた内側にあるのが、この食堂まで歩いてくる途中でわかった。

屋敷は高台にあるらしく、壁の隙間から眼下に広がるロンディウムの街が遠くまでよく見えた。街の向こうには海が輝いていて、その風景にシャルエルはしばし見惚れずにはいられなかった。

シャルエルは深い森の奥で育ったから、海というものを今まで間近に見たことがない。だがモデストロに急かされ、ところどころに警護の兵が立つ屋敷の回廊を連れられてぐるぐるとめぐり、その果てにようやくたどりついたのがこの食堂だ。

食堂が面した庭は美しく手入れされていて、森とは全く違った景色だった。

昨日、シャルエルがさまよっていた市街地のやかましさとも、別世界のように隔絶されている。

――とても静かなのね。

このような広い屋敷に、モデストロは独りで住んでいるのだろうか。

だが、食堂の外から意識を引き離し、シャルエルは匂いに導かれて、目の前に置かれたピンク色のスープに目を落とす。

色合いからはキャロットスープのように見えたが、匂いからはそうは思えない。

シャルエルはようやくパンを食べるのを止め、じっくりとスープを観察した。

――これは、……そうね、ミルクとバターがたっぷり入った匂いだわ。

だけど、それに加えて未知のとてもいい匂いが混じっている。

シャルエルはスプーンを手に取り、おそるおそるそれをすくって口に運んでみた。途端に舌の上に広がった美味に硬直した。

「美味しいわ！」

今まで味わったことのない美味だ。こってりしていて、その奥に複雑な旨みが溶けこんでいる。飲みこむのが惜しくて、舌の動きを止めていても、それは口の中からだんだんと消えてしまう。

――これ何？　……何のスープ？

飲んだことのない味わいに、シャルエルは目を凝らしてスープを見た。

しかもこのようになめらかな口当たりにするためには、長い時間をかけて煮こんだ後で、綺麗に濾さなければならないだろう。その手間を考えただけで、めまいがする。

感動のまま、シャルエルは口走った。

「すごいわ。とても美味しい。何のスープなのかわからないけど、すごく手間のかかったスープだってことは、確かね」

何をどうしたら、こんなにも美味しいものが作れるのだろう。この味は、肉ではない。

「これは、何のスープなの？」

材料の見当がつかなかった。何より不思議なのは、そのピンク色だ。

「エビのスープだ」

「エビ？」

「海を見たことはないか？　エビは海の中に棲んでいて、とてもいい味がする。それをたっぷり使って作ったベースに、香りのある野菜を入れ、最後にクリームとバターで味を調える」

「作ったことがあるの？」

あまりにもモデストロが詳しいので、びっくりして聞いてみた。すると、モデストロは軽く口元に指を添えて、少し笑った。

「いや。……実は俺も、あまりに美味しいから、料理長にこれはどのように作ったのか、尋ねたことがあってな」

シャルエルは嬉しくなった。

これをとても美味しいと思ったのは、自分だけではなかったようだ。

――エビ。……海に棲む生き物。

それはどんな形をしているのだろうか。シャルエルは森のキノコなどについてはとても詳しいが、海の生き物については何も知らない。

だけどここで下働きをしていたら、その材料を目にする機会はあるだろう。

一口一口大切にスープを飲んでいると、先ほど夢中になって食べたパンが目についた。

初めて口にした柔らかさと、ふわふわとした感触を思い出す。

だが、同時にシャルエルは深い失望を覚えて、ため息をつかずにはいられなかった。思わず、両手で顔を覆ってしまう。

「どうした？」

モデストロがそれを見とがめる。シャルエルは動かずに、説明した。

「私、パンが作れると言ったわ。だけど、こんなふわふわとしたパンは作ったことがないの」

「どんなパンなら作れるんだ？」

「もさもさとしていて、酸っぱくて、黒いパンよ……！」

そういうパンしかこの世の中には存在していないと思っていただけに、この食卓にある何もかもがシャルエルにとっては衝撃だった。

「なるほど。おまえはもさもさとして、酸っぱくて、黒いパンしか焼けない。そんなおまえだが、何でもすると言ったな」

「掃除も洗濯もするわ！　体力には自信があるのよ！」

その言葉を、モデストロは軽く肩をすくめただけで受け流した。

「掃除のしかたも、服の洗いかたにも、うちの流儀がある。黒いパンしか知らないものに料理を任せて、台無しにするわけにはいかない。発情期でも働くと言ったな。だったら、おまえにやってもらいたいことがある。まずはそのあかぎれだらけの手を、傷一つない状態に戻せ。触り心地がよくない」

シャルエルは驚いて、自分の手を見た。

シャルエルは肌が弱く、寒い時期に水仕事をするとどうしても指が荒れる。爺が作ってくれた膏薬をまめに塗ってはいたのだが、今、その膏薬はない。それに塗ったとしても、完全に防ぎきることはできない。

「だけど、……下働きをしたら、どうしても指はがさがさになるわ」

「下働きをするな、という意味なんだが」

「え」

モデストロはテーブルの上で軽く指と指を組み合わせた。

その口元に少しだけ笑みを浮かべて、シャルエルを意味ありげに見た。

「俺を退屈させずにおくのが、おまえの仕事だ。余計なことは考えず、俺のことだけ考えろ。今は少しは落ち着いているようだが、……次にしたくなるのは、どれくらい後だ？」

モデストロと肌を重ねることを尋ねられているのだと悟って、シャルエルは動揺しながら、自分の身体の感覚を探ってみた。

——モデストロさまを退屈させずにいるのが、私の仕事？

意識すれば、起きたときから少しずつ身体がうずきだしていることに気づかされる。

特に今は食欲も満たされたとあってか、じっとしているのが困難なぐらいのじわじわとした痒さが下肢から広がりつつあった。

だけど、発情期の熱に流されたくはない。

そう思うのだが、すっぽりと彼の腕に包まれ、きつく抱きしめられたときの感触が鮮明によみがえる。あの、胸が詰まるような切ない感触がまた欲しくなる。

——だって、初めてだったの。……ああいうの。

心まで満たされていくような甘ったるい感触。今もモデストロの顔を見つめているだけで、息ができなくなるほどのときめきに襲われる。

それでも、シャルエルは可能なかぎり自分を保っておきたくて、テーブルの上でぎゅっと拳を握った。

「次がいつだなんて、……わからないわ。だって、何もかも初めてだから」

「そうか。だったら、次が必要になったら、俺を呼べ」

モデストロの前のテーブルには、まだまだ料理が残っていたが、食事はもう終わりのようだ。

シャルエルの前にも、料理が残っていた。もっと食べたい気持ちはあったが、もう食べきれない。

モデストロが口をナプキンで拭いて立ち上がり、食堂から出ていく気配を見せる。

シャルエルも慌てて、その後を追った。

「モデストロさま、どちらに？」

「しばらく、本でも読む。おまえは好きに過ごせ」

どこかそっけなく声は響いた。

このまま放っておかれるのかと思うと、ズキンと胸が痛んだ。

モデストロと離れたくない。くっついて、過ごしたい。そんな強い気持ちがこみあげてくる。

「あの、……モデストロさま。今日のご都合はどのような感じですか？」

ずっと自分にかまってもらいたい。ぎこちなく問いかけると、モデストロが足を止めてシャルエルを見た。

「幸いなことに、空いている。……本を読むことより、この身体を慰めることを優先させてもかまわない程度だが、どうする？」

回廊で立ち止まり、モデストロは試すようにシャルエルを見た。

望めば、モデストロは自分と過ごしてくれるかもしれない。身体を慰めると言っていたから、きっとベッドに引きこまれて貫かれるのだ。

そう思うと、欲望が抑えられなくなってくる。

鼻孔から漂ってくるモデストロの匂いと、逞しく好ましい身体の感触を思い出す。それだけで全身がふわふわとして、宙でも歩いているような気持ちになった。

シャルエルにとっては、モデストロが運命の相手だ。そうとしか思えない。他の誰も目に入らないし、モデストロのことで頭はいっぱいだ。

シャルエルはまっすぐにモデストロを見た。

会ったばかりの相手と、こんなにも身体をつなげたくてたまらない自分が不思議だった。モデストロにとっては、シャルエルは運命の相手ではないのかもしれない。さきほど言われたように、いずれはアンズスのメスと結婚する運命にあるのだろう。

それでも、シャルエルにとってはモデストロは唯一無二の相手だ。

——だから。

ここで勇気を出して、踏み出さなければならない。あのような行為を重ねるのは恥ずかしくて、顔から火が噴きだしそうなほどいたたまれないが。

それでも、むずむずとこみあげてくる身体のうずきに押し流されて、シャルエルは懸命に声を押し出した。

「一緒に……いてください」

その顔を正視できなくて、ぎゅっと目を閉じる。感情が昂りすぎているのか、少し涙がにじんだ。

それでも、モデストロから離れられない。彼が一緒にいて、自分を抱いてくれるというのなら、それだけで嬉しくて泣きそうになる。

返事が聞こえるまで、どくんどくんと胸が鳴り響いた。

「わかった」

その言葉に、シャルエルはホッとして笑う。

胸のふわふわとした感じと、急速な感情の急高下を持て余す。だけど、モデストロがすがりつくのを誘うように腕を上げてくれたから、くっついてぎゅっと腕を抱きこむ。

胸はずっと高鳴り続けているままだし、耳が熱いぐらいに赤い。自分が自分でなくなったような、奇妙な感じがあった。

——だけど、幸せ。

モデストロといるだけで。

この感情を、もしかしたら恋と呼ぶのかもしれない。


力強く、モデストロのものが体内で抜き差しされるたびに、甘ったるい息が漏れる。

シャルエルはうつ伏せにされて、背後から貫かれていた。

どれだけこの行為が続いているのだろうか。朝食を取ってから、ずっとこんなことを続けている。

身体はだんだんとモデストロのやりかたを覚え、彼がもっと動きやすいように腰を突き出したりもする。

もはや自分の体内に、モデストロのものが存在するのが当然だと感じられるほど、この行為が続いていた。

しとどに濡れてうずく襞を押し広げながら、張りだした切っ先が奥まで一気に入りこむと、息を呑まずにはいられない。

「んぁ、……は、……あ、あ、あ……っ」

開きっぱなしになった口から、唾液があふれた。

とうに理性は消え失せた。声を殺す気力も、口元を濡らす唾液をぬぐう気力もないまま、シャルエルはモデストロの動きに合わせて、快感をむさぼるばかりだ。

感じすぎて上体がべったりとベッドのシーツにつき、腰を立てておくことすら困難な状態になりつつある。

モデストロの手が背後からシャルエルの腰に回され、しっかりと起こして支えた。突くのに合わせて後ろに引っ張られるようになると、さらに深い部分まで切っ先が突き刺さる。モデストロのものはとても太くて硬いから、それが体内にあるだけでシャルエルの身体はぞくぞくとして落ち着かない。彼はさらにそれを自在にあやつり、シャルエルの感じるところを探していく。奥のほうが弱いと知られたからか、ことさら奥ばかりを狙って突きこまれるようになった。

だんだんと切迫していく動きに、シャルエルは彼の終わりが近いことを感じとった。ホッとするのと同時に、まだ終わらせたくないと訴える声も頭のどこかにある。いつまでもこの身体のうずくところを、刺激し続けてほしい。ずっとつながっていたい。

なのに、シャルエルの身体もモデストロの速くなる動きに合わせて高まり、叩きつけられて彼の精を搾り取ろうと淫らに収縮した。

「あ、……あ、……あ……っ」

自分の声が遠く聞こえる。ぼたぼたとよだれがこぼれ、全身が熱くうずく。モデストロの動きがよりなめらかになるように、なおも接合部から蜜をあふれさせる。

「んぁ！」

腰がつかみなおされ、切っ先が狭い襞を押し広げて勢いよく入ってきた。終わり間際の、一段と大きく硬くなったその形が鮮明に伝わる。締めつけるたびにぞくぞくと快感が広がって、先に達するのをこらえるのが困難なほどだ。

頭が真っ白になるような気持ちよさが、突き上げに合わせて容赦なく流しこまれてきた。悦楽が濃すぎて逃れたい気持ちと相反して、貪欲な身体はもっともっと快楽をむさぼりたくて腰を突き出す。

そのおねだりは、激しい突き上げとなって戻ってきた。

ガツガツと激しく奥を攻めた後で、モデストロは動きを止めた。終わらせないまま、もう少しこの行為を楽しもうと思っているのかもしれない。

つながった身体を仰向けに引っくり返され、入れっぱなしだったモデストロの切っ先が深い位置をえぐる。快感が倍増した。

「つぁ、……あ、あ……っ」

ぐりっと走った衝撃をどうにかやり過ごして薄く目を開くと、自分の上にいるモデストロが見えた。

モデストロはシャルエルの太腿を抱えなおすと、その膝に軽く口づけた。

赤銅色の長い髪が、まずは見える。

どうしても見惚れずにはいられない。

いつもは少し冷ややかに見えるのに、こうして一緒に快楽をつむぎあっているときは頬が赤らみ、欲望が日ににじんで、ぞくぞくするほど男の色香が増して見える。こんなモデストロの顔を知っているのは自分だけかもしれないと思うと、愛しさが増していく。

逆に、彼の目に白分がどんなふうに見えているのか心配になって、シャルエルは垂れ流しになっている唾液を慌てて手でぬぐった。

抱かれれば抱かれるほど、身体が快感に慣れていくのがわかる。ずっとつながっている中はもとより、乳房に触れられ、その頂で尖っている乳首をぐっと指先で押しつぶされただけで、ぞくっと飛び上がりそうな快感が広がった。

「っぁ」

大きく反応してしまったせいか、モデストロはその両手を乳房に移動させた。乳房をそっと揉み上げてから、最後に尖った部分をつまみあげる。それがひどく気持ちがいい。

「っん、ぁ！」

さらに、ぎゅっと乳首を引っ張られ、ねじられて、うめきが漏れた。

もっともっと、こんなふうにモデストロとしている時間が続けばいい。

深くまで彼を受け入れ、リズミカルに突き上げられながら乳首をいじられていると、快感を享受すること以外に何もできない。

貫かれる瞬間、ぎゅっとお腹に力を入れるのも覚えた。すると、モデストロのものが抜き出されていく感触をより強く感じとることができる。その気持ちよさに、乳首をいじられる快感が混じるのだから、どんなに表情をまともに保っておきたくても、すぐに崩れてしまう。

彼を受け入れている襞のあちらこちらに、とても感じるところがいくつもあった。ただ入れられているだけでも気持ちがいいのだが、その感じるところに張りだした切っ先が当たると、身体をぎゅっと縮めずにはいられなくなるほどの快感が走る。

その強烈な愉悦をもっともっと感じたくて、シャルエルのほうからそこへ当たるように、少しだけ腰を浮かし、擦りつけようとした。

モデストロも心得ていて、シャルエルの反応を見ながら、より感じるところを狙っているらしい。

その狙いは的中して、感じるところを立て続けにえぐられると、強烈な刺激に悲鳴のような声が漏れる。足の先までびりっと痺れるほどの感触だ。刺激が強すぎるから逃れたいのに、モデストロはからかうような目をして、強い力で腰を固定する。ぐり、ぐりっと押し当てたまま動かれて、シャルエルはもがいた。

「っんぁあ！　……っあ、……あ……っ」

気持ちよすぎる。

強烈な快感が薄れると、全身が弛緩して蜜が滲み出すような感覚があった。

強すぎる悦楽におぼれているうちに、モデストロの動きは勢いを増した。

中を締めるのが間に合わないほどの速度で、次々と叩きこまれる。そのたびに感じるところも、切っ先でこね回された。

「っあ！」

逃げることもできずに突きまくられ、限界を超えて腰や太腿が小刻みに震えてくる。強制的に、新たな絶頂まで押し上げられた。

「っひぁ、……あ……っ！」

激しい爆発とともに、ぎゅうっと渾身の力で締めあげながら達した。だが、モデストロは一瞬動きを止めて、その収縮をやり過ごしたらしい。絶頂の余韻が消えず、ガクガクと震えるシャルエルの太腿を抱えなおして、最後の激しい動きに入る。

「っあっ！　あっ！　あっ！　あっ！」

その突き上げの一回一回に、強烈な快感がはじけた。そのたびに、達してしまうほどだ。

このままでは、感じすぎてどうにかなる。

そんなふうに思ったシャルエルの中で、ようやくモデストロが動きを止めた。

「ッ」

小さく、彼の声が聞こえた。

その一瞬後、モデストロのものが脈打ち、身体の中に直接、熱い液体が流れこんでくる。

そのぬるつく独特の感覚に、シャルエルはぶるっと震えた。

「んぁ、……あ……っ」

粘膜が灼ける。

実際には火傷するほどの温度ではないはずだが、発情期を迎えて敏感に研ぎ澄まされている粘膜は、ことさらそんなふうに感じとる。

愛しい相手の精液がジンと染みわたっていく感触に、安堵の息が漏れた。それを注がれるのは気持ちが良すぎて、もっともっとその感触が欲しくなってしまう。

手を伸ばす。

力の抜けたシャルエルの身体をかき抱きながら、モデストロが耳元でささやいた。

「もっと欲しいか」

その声からそそのかすような響きを感じとって、シャルエルはぼうっとしたまま、うなずいた。

「もっと、よ」

第三章　第二王子の憂鬱

発情期なるものは一週間ほど続くらしい。

ギューフの生態について、モデストロは今までそれほど詳しくはなかった。ギューフという種族自体に、まるで興味がなかったからだ。

王城での舞踏会や夕食会、貴族の館での催しなどで、美しく飾り立てたギューフの姿は時折見かける。ギューフは容姿に優れている種族だ。その造形美に一瞬だけ目が留まるものの、心まで惹かれたことはなかった。

ギューフは美しければ美しいほど、珍重されると聞いている。ギューフを連れ歩く貴族は、宝飾品や高価な衣服を見せびらかすのと同じ心理なのだろう。

ギューフに目もくれないモデストロの態度が引っかかったのか、モデストロの兄にあたるグラツィオ第一王子が、以前、諭すように言ってきたのを思い出した。

グラッツィオはモデストロが見た中では、一番綺麗で蠱惑的なギューフを所有していた。モデストロと五歳違いの兄は同じく成人して十年以内にアンズスのメスとの子を成すことを課せられている。だがおそらく、その期限ぎりぎりまでギューフと遊ぶつもりなのだろう。

『おまえはそんな顔をするけどな。ギューフはとても使い心地がいい。おまえだって、一度相性のいいのと番えば、病みつきになる』

そのときは、そんなバカな、と冷ややかに受け流した。

今までモデストロは、性的なことにあまり楽しみを見出したことがなかったからだ。

成人前から、暗殺の危機を何度も潜り抜けてきた。自分と親しくするものは遠ざけられ、身分の低い者は殺される危険さえあった。

それを命じてきたのは、おそらく王位をめぐるライバルであるグラッツィオ第一王子だ。

何の証拠もなかったし、彼には証拠を一切残さないだけの狡猾さがあった。グラッツィオは笑いながら、人を殺すタイプだ。表面的には友好的に接してきたが、それが演技でしかないことを、モデストロは幼いころからの経験で知っている。

それにしても、ギューフというものがこれほどまでに理性を奪うものだとは、想像もしていなかった。

――まるで、嵐のようだ。

自分は本当に何も知らなかったのだと思う。本能へ直接訴えかける欲望が、どれだけ強烈で、理性など何の役にも立たないということを。

普通なら、いきなり馬車に飛びこんできた女と関係を結ぶなんてあり得ない。特に他人に対する警戒心が強く、容易く心を許すことのないモデストロならなおさらだ。

だが、シャルエルの柔らかな身体を抱き留め、その匂いをたっぷりと浴びせかけられたとき、魔法にでもかけられたかのように頭がくらくらして何もわからなくなった。たまらない欲望に駆られて、名も知らぬギューフをかき抱き、貫いていた。

今までの自分では考えられなかったことだ。

──隠遁者の第二王子。

モデストロは、宮廷ではそんなふうに言われている。

社交的で、何かと派手なふるまいの目立つグラツィオ第一王子と比べて、モデストロは常にその陰に隠れている。

今は気鬱の病を患っているからと偽って、特別事情がないかぎり、王城にも姿を見せずにいた。

グラツィオ・ガレッティとモデストロ・アウレリオは、母が違う。王位を継いだときには変わるが、それ以外は母方の姓を名乗る決まりなので、名も違う。

グラツィオの母は産褥で死んだ。モデストロの母は後妻にあたるが、幼いころ、その母がガレッティ家のものに虐殺されるのを見せつけられ、モデストロは血が凍るような恐怖を植えつけられた。

『おまえは陛下の血を継いでいるから、殺すことはしない。だけど、私と張り合い、王座を争うようなふるまいを見せたときには、いつでもおまえをこんなふうに殺してやる』

当時、兄は十五にもなっていなかったはずだ。だが、幼いころから残酷なふるまいが目立っていた彼は、人を殺した愉悦に微笑みながら、母の血に濡れた手でモデストロの頬をなぞった。

母の死は、事故とされた。

モデストロの母は、グラツィオの母とは比較にならないほど身分が低かった。国王の寵愛を受けたために、モデストロを身籠ったときに侍女の身分から貴族の養女にしてどうにか体裁を整えたほどだ。

一人残された幼いモデストロにろくな後ろ盾があろうはずはなく、王の留守中にあった母の死の真実を伝える者もいなかった。宮廷で揺るがぬ権勢を誇っていたガレッティの一派に逆らって、復讐されることを恐れたのだろう。

王はその後、新たな後妻を娶ることはなかった。だから、王位を継ぐ資格があるのは、グラツィオとモデストロの二人の王子だけだ。

モデストロは母を殺されたあの日から、感情を殺すことを覚えた。

目立つことは一切せず、グラツィオのように舞踏会や晩餐会の主催もしない。成人してからは王城に住むことも拒んで、別の城館に引きこもり、友人と会うことすら滅多になかった。

ひたすら厭世的に暮らしてきたモデストロだったが、成長するにつれて自分を引き立てようとする一派が宮廷内に増えているのを感じている。

見舞いと称して古くからの友人が訪ねてくるのは、たいていはその話のためだ。

だが、モデストロはそれすらも拒み続けた。

グラツィオに逆らえないという理由以外にも、父が王子だった時代に宮廷は第一王子と第二王子のどちらを支持するかで真っ二つに割れたと聞いていた。今の王である第二王子に指名が決まった直後は、内戦状態に陥り、大勢の兵や領民が死んだ。その後もしばらく争いが絶えなかったそうだ。

争いは嫌いだった。自分がグラツィオと対立することで、今またブルタニアを内戦状態に陥らせたくない。自分を支持してくれる愛すべき人達を死に追いやりたくない。

――俺さえおとなしくしておけば、余計な争いが起こることはない。

そんなふうに考えているのだが、モデストロに次の王位を狙えとささやきかけてくるものは絶えなかった。

『何せ、第一王子は残忍すぎる』

それが、そのささやきの理由だ。

幼いころから兄と一緒に育ってきたモデストロには、その言葉の意味がよく理解できていた。

王の前では完璧で思慮深い息子を演じているものの、王の目が届かないところではどれだけ第一王子が好き勝手なわがままを爆発させてきたのか、知っている。自分以外のものなど殺していいと、本気で思っているのだ。それだけのふるまいを、見せつけられてきた。

特にギューフに関しては、グラツィオは人とさえ思ってはいないだろう。つがいの契約を結んだギューフを飽きたら殺して、とっかえひっかえしてきた。

『第一王子が王になったら、民が苦しむ』

その言葉には、うなずける。

けれど、モデストロは兄には逆らえない。それだけ、骨身に染みた恐怖があった。

それに、自分と兄が争うことによって引き起こされる内戦による不幸と、兄が王になったときの民の不幸と、どちらがマシなのか、今の時点ではモデストロには判断できない。

兄と対立する厄介さを、モデストロほど理解しているものはいないだろう。

――欲しいのならば、王位など兄上にくれてやる。

ブルタニアを支配することも、人々の上に君臨することも、モデストロには興味がない。

民には幸せになってほしいと願っているが、あまり民の生活に触れることなく生きてきただけに、そのあたりの実感が湧かない。

とにかく、兄が王位を継ぐことさえ決定したら、自分に対する迫害も薄れ、何かと閉塞した気分も晴れることだろう。それまでの辛抱だ。

――このままでは、本当に気鬱の病になりそうだけど。

王城から離れた城館に移り住み、訪ねてくる古くからの友人とも滅多に会わず、宮廷の行事にもほとんど顔を出さずにきた。

そんなふうに現実から目をそらし、息をひそめて生きてきたモデストロの懐に、ギューフが飛びこんできたのだ。

あれは、年に一度だけ顔を出す、母を養子にした老貴族夫妻との会食の帰りだった。血のつながりのない彼らだったが、深い悲しみを共有している。墓を見舞い、花を供え、言葉少なに食事をして別れた。

その帰りに出会ったギューフの存在は、すべてが新鮮だった。

――本当に、骨抜きになるものだな。

その身体は柔らかく、抱き心地がよくて、ひたすら肉におぼれてしまう。

相性がいいというのはこういうことだと、シャルエルと出会って初めてモデストロは理解した。どれだけ性欲というものが、自分を夢中にさせ、押し流すのかも。

発情期にあるのはシャルエルだけなのに、その匂いに煽られてモデストロまで発情している。

性に未熟だったシャルエルに少しずつ快感を教えこんでいくのは、いつになく楽しい作業だった。男としての欲望が満足するだけではなく、より反応の良くなった身体に、モデストロもたまらなく煽られていく。

ますます快感におぼれるシャルエルの顔を眺めながら、自分もおそらく同じ顔をしているのだろうな、とモデストロは頭の片隅で考えた。

――しかもギューフの楽しみというのは、抱くときだけではない。

モデストロが王城に住んでいないのは、暗殺の危険があったからだ。そう遠くないところにある住まいではあったが、そこで自分が使う侍従や侍女の一人一人についてまで、警戒を怠ってはいない。

そんな自分が、たわいもなくシャルエルだけは信じこみ、心を明け渡していくのが不思議でならない。だが、そうするのが自然であり、誰かを信じられるというのはそれだけでモデストロに深い心の安定をもたらした。

シャルエルの言葉や豊かな表情を見ているだけでも、自然と惹きこまれて笑顔になる。美味しいものを食べるたびに新鮮な反応を見せるシャルエルに、たくさん食べさせてやりたくなるし、美しく装わせてもやりたくなる。

磨き上げたらどれだけのものになるのか、楽しみでもあった。

目を覚まし、身じろいだときに、モデストロはひどい空腹に気づいて、苦笑した。

シャルエルの発情期が始まって、すでに数日経っている。

発情に多少の波があるように感じられるのは、ずっとしていたらさすがに体力が持たないからだろう。食べることと、身体をつなげること以外には何もできなくなるようで、それ以外の時間はシャルエルはこんこんと眠り続ける。

アンズスであるモデストロはそこまで長い眠りを必要とはしなかったものの、昨日は昼食がすむなり、シャルエルにベッドに引きこまれ、まともに夕食も取ることなくその身体をむさぼり続けたのだ。

おかげで性欲は満たされたが、空腹は耐えがたい。

朝の光の中で、モデストロは隣で身体を丸めて眠っているシャルエルを眺めた。食事に行きたいが、あまりに気持ちよさそうに眠っているから、起こすのが気の毒になる。もう少し、この寝顔を眺めていてもいいだろう。

――それに、一緒に食事もしたい。

一人の食事は義務だったが、シャルエルがいればその時間は楽しくなる。

彼女が起きたら一緒に何を食べようか、とあれこれ考えている自分に気づいて、モデストロは苦笑した。

シャルエルと出会うまで、モデストロは食にもあまり興味がなかった。

何を食べても、砂を噛んでいるような感じしかなかった。

例外だったのが、エビのスープぐらいだ。あれは格別美味しかったから頻繁に作らせていたのだが、幼いころ、母がよく作ってくれたスープと味が似ているのだと気づいたときには、苦笑いしか漏れなかった。

ずっと、過去を引きずっている。幼いころの幸せだった記憶と、それが血の色に塗られたときの恐怖と絶望を。

――で？　何を食べよう。ソーセージか。それに、ぱさぱさとした、酸っぱい、黒いパンを合わせて。

シャルエルが森の家でよく焼いていたという黒いパンを、モデストロは食べたことがなかった。どんなものなのか興味が湧いたので、発情期の最中でも少しは身体が動かせそうなタイミングを見計らって、シャルエルに焼いてもらった。

口にしてみたら、そう悪くはなかった。合わせるもの次第だが、脂がたっぷりと滴るソーセージとなら、ちょうどいい取り合わせになるのではないだろうか。

むしろ、あの酸っぱいパンが食べたくなる。シャルエルはひどく恐縮して、白いパンのほうが美味しいと、何度も口にしていたが。

——だが、……今朝は無理か。

シャルエルは深い眠りの中にある。下手をしたら、朝食の時間に起きてはくれないだろう。

発情期にシャルエルは支配されている。パンを焼いているときも、ひどく億劫そうだった。必死でだるさを隠して、自分は何でもできる、働けるとばかりに快活さを装っているシャルエルが、ひどく健気で、愛おしかったが。

もうじき、朝の挨拶をしに侍従がくるはずだ。シャルエルが動けないようなら、彼に命じて、朝食をベッドまで運ばせるのはどうだろうか。

あらためてそのメニューを考えていると、シャルエルが横で寝返りを打った。

「う、……ん……」

反対側を向いてしまい、肩のあたりが剝き出しになっている。寒そうに見えたので、掛け布を引き上げて、その肩をすっぽり覆った。

乱れた金色の髪が、顔を隠していた。寝顔が見たくて髪を指先でかきあげてやると、無意識なのか、その手に顔を擦りよせてきた。

シャルエルはこんなときのしぐさが、とても愛らしい。無防備に、自分にすべてを委ねているように思える。そんなシャルエルだから、モデストロも心を明け渡してしまうのかもしれない。

——それに、一心に俺を慕っているのがわかる。

恋をしているものはこんな目をするのだと、シャルエルを見ていればわかる。大きな目で、一途にモデストロを見つめてくる。目が合っただけでひどく嬉しそうに笑うし、ちょっとしたことをしてやっただけでも、心から嬉しそうな態度を見せる。

そんなシャルエルにだんだんと惹かれているのは自覚できたが、モデストロを止めるのは第二王子である境遇だった。

いくら隠遁の身だと表明しても、成人して十年以内にアンズスのメスとの子を成せ、という命令が消えるわけではない。可哀そうなことにならないように、シャルエルにはあらかじめ、決してつがいの契約は結べないと伝えてあった。

それでも慕う気持ちは消えないようだ。そんなシャルエルを見ていると、胸の痛みを感じるようになっている。

モデストロの手に頬を擦りよせるしぐさが、撫でてほしい、という態度に思えて頬を撫でると、シャルエルの瞼が震え、何度か瞬きした後で、その目が薄く開いた。

だけど、まともに目を覚ましていないような、ねぼけた表情に見えた。

「おはよう。もう朝だ。腹は減っていないか?」

食欲旺盛なシャルエルだったが、言葉の意味が理解できないのか、軽く首を振って、さらにモデストロにすり寄ってきた。モデストロの太腿に頭を乗せ、そこが心地よいのか、すうすうと寝息を立て始める。

食欲よりも、眠気のほうが勝っているしぐさに見えた。

発情期のギューフは、最後の数日間はひたすら眠るだけになるらしい。シャルエルが来てから、モデストロは何かにつけギューフの生態について情報を集めるようになった。

ついでに歴史書をひもといて、ギューフ族がこのブルタニアにいつから住み始めたのかも調べてみたのだ。

何人かの記述者が、ブルタニアに関する記録や伝承を残していた。

古代のものはあった。ブルタニアがロームを破り、それに続く七人の歴史的な王の時代の記録は残されている。だが、その後。マン族の侵攻を受けて戦ったペンドラゴン武勇王以降、五百年ほどの歴史がすっぽりと抜け落ちていた。

歴史書は書き継ぐものだ。記述者が死んだとしても、次のものが記述を続ける。なのに、その後の記録が完全に途絶えているのは不自然ではないだろうか。その欠落について気になったモデストロは、あちこちに手紙を書き、そのあたりに詳しそうな貴族に問い合わせている。だが、まだ手がかりがつかめない。

シャルエルは何かが気になるらしく、モデストロにすり寄って、その身体に乗り上げてきた。すんすんと鼻を鳴らしながら、モデストロの胸元にことさら顔を擦りつける。

「どうした？」

「……いい……匂い」

シャルエルに押し倒されて、モデストロはどう対処したらいいのかわからないでいた。可愛くはあるが、くすぐったさに閉口する。発情しているのとは、また別の状態に思えた。

「おい、……そこから顔を……」

シャルエルの肩をつかみ、どうにか横にずらそうとしていたときに、ベッドの天蓋の外側から声が聞こえてきた。

「おはようございます、旦那様。お目覚めですか」

「目は覚めているが、のしかかってくるギューフが少々厄介でな」

使用人になら、情事を見られても恥ずかしくはない。侍従らも顔色一つ変えることなく、見て見ぬふりをする訓練ができている。

くすぐったさに身をひねりながらシャルエルを横に転がしたとき、天蓋の布越しに声が聞こえた。

「恐れながら、旦那様。ギューフは発情期の終わりになるとよく眠り、その眠りのために巣を必要とすると聞いております」

「巣を？」

そういえば、そんなふうに聞いていた。この侍従はかつてギューフを飼っていた貴族の元にいたのだ。発情期のギューフがどれだけどのような食事を必要とするのかについても、教えてもらった。

「巣を作るときには、材料を与えればいいのだったな？」

確認すると、返答が聞こえてくる。

「そうでございます。たっぷりと旦那様の匂いが染みこんだ服を与えておけばいいものと、理解しております。準備してまいりましょうか」

「ああ」

侍従が立ち去る気配がある。

運ばれてきた大量のモデストロの服にくるまって、シャルエルは深い眠りに落ちたようだ。

眠るまでの間に、シャルエルは服やシーツを何やら円状に丸めていた。まだまだ未完成ではあるものの、鳥の巣のような形に見える。ベッドから降りて、その作りかけの布の塊を眺めながら、モデストロは侍従に尋ねた。

「これが、ギューフの巣か？」

「そうでございます。ギューフは匂いに敏感なようです。この服で、その姿が見えなくなるまで巣を作り、発情期の最後の数日はそこでひたすら眠ります」

「だが、孕んでいるわけではないだろう？」

不意に心配になって言うと、侍従はうなずいた。

「ギューフを孕ませられるのは、つがいの契約を交わした相手だけでございます。孕んでなくともギューフは巣を作り、発情期が終われば、その巣を崩して、自分から出てきますので」

「なるほど」

もう少し発情期のシャルエルを愛でていたかったが、眠りたいようだからしかたがない。モデストロは一瞥して、寝室を出た。

ようやく発情期が終わって彼女の身体の負担が楽になるのならば、それはそれで喜ばしいことだと受け止めなければならないはずだ。

うとうとと、シャルエルは一日の大半を眠ったまま過ごす。

また、あの深い森の夢を見ていた。天まで届く大きな樹がある森の夢だ。

柔らかな衣服にくるまっていると落ち着いた。服に染みついたモデストロの匂いが、深い安堵感を呼び起こす。

たまにモデストロが姿を現し、喉が渇いていないか、腹は空いていないかと面倒を見てくれた。あれは、夢ではないはずだ。

全く食欲は感じなかったが、かまってくれるのが嬉しい。食べ物や飲み物よりもシャルエルが欲しかったのは、モデストロが着ている衣服だ。

次々といい匂いが漂ってくるから、モデストロの上着の裾を引っ張ってせがんだ。すると、彼はその場で服を脱いで与えてくれる。

モデストロのいい匂いとぬくもりの残る新たな衣服にすっぽりと包まれると、シャルエルはさらに幸せな気分になれた。

——好き。大好き。……モデストロさま。

こんなにも衣服を自分に与えてくれて大丈夫なのかとぼんやりと考えることもあったが、姿を現すたびにモデストロは新たな服を着ていたから、着るものに困ることはないのだろう。

モデストロがいてくれたおかげで、シャルエルは最初の発情期をどうにかやり過ごせた。

第四章　あなたがほしい

発情期が終わると、シャルエルの全身からはむず痒さが消え、だるさと眠気が解消する。起きたときから、指の先まで力がみなぎっているような気分になる。これこそが、本来のシャルエルだ。

だからこそ、モデストロが朝、姿を現したときに、ベッドからするりと降り、腕まくりをしながら言った。

「もう大丈夫よ！　今日から、力いっぱい働くから」

だけど、その途端に、ぐう、と腹が音を立てる。発情期の最後の何日間かは、飲み物以外ほとんど口にしていなかったからだ。

モデストロは以前よりも少し柔らかくなった表情で、軽く肩をすくめた。

「働くよりも先に、何か食べなければならないな。食べたいものはあるか？」

「なんでも、……というか、ここで食べさせてもらうものは、すごく美味しいわ。きっと、料理人の腕がいいのね。美味しい料理を教えてほしいから、できれば厨房に入れてもらえると嬉しいんだけど」

ちら、とねだるようにモデストロを見る。

だが、朝から立派な正装をしたモデストロは、にこやかでありながら威圧的な笑みを崩そうとはしなかった。

「言っただろう？　まずは、このあかぎれだらけの指を治せ、と」

シャルエルは手を見せる。

「だけど、……もうだいぶ、治ってるわ」

発情期の間、水仕事をすることはなく、ほとんどベッドにいた。それに発情期の最後の数日、ほとんど眠ってばかりだったときに、モデストロがシャルエルの傍らに座って指に膏薬を塗ってくれたような記憶がおぼろげに残っている。

その手の動きが気持ちよかった以上に、かまってもらえるのが嬉しかった。

――あれは夢？　……そんなこと、ないわよね。

指を見ると、関節のあたりで痛々しくぱっくりと開いていた赤い傷は消えて、かなり良くなっている。

だけど、厨房に入ればどうしても水を使う。首をかしげて、シャルエルは言ってみた。

「厨房がダメなら、掃除でも、洗濯でもするわ」

「うちの屋敷では、それぞれの細かなやりかたが決まっていると言ったはずだ。そのやりかたを知らないものがいたら、作業に支障が出る」

「教えてくれればいいじゃない。覚えはいいほうよ。きっと、いろいろできるわ」

そう反論してみたものの、モデストロは鼻で笑った。

明るい朝の光がさんさんと差しこむ窓辺に、彼は彫像みたいにたたずんでいる。形のいい鼻梁が、影を秀麗な顔面に落とした。その姿の良さを、シャルエルはうっとりと眺めてしまう。

モデストロは一つため息をつくと、まつげを伏せたまま言った。

「正直なところを言うと、おまえが働くと、屋敷内の統率が取れない」

「どういうこと？」

「下働きは、主人に姿を見せることすら許されない。主人や客の気配を察するなり、すぐさま道具を片づけて、姿を消すのが決まりだ」

「……っ」

「さらに使用人の中でも、細かな序列がある。俺と直接口をきける者は、限られている。なのに、そのような下働きの者が俺と関係を持っていたら、どう思う？」

「……とてもやりにくいわね」

「示しがつかない。だから、おまえがここで働くのはあきらめろ。ただし、たまに黒いパンを焼くことだけは許す」

そんなふうに言われれば、納得できた。モデストロはちゃんと説明してくれるから、自分を対等に見てくれていると思える。

けれど、これから頑張って働こうと思っていただけに、今後この屋敷で何をすればいいのかわからない。

——それに、……黒いパン？　好きなの？

考えこんでいるシャルエルを、モデストロは食事に誘った。

食堂までの長い回廊を歩く間に、シャルエルはあらためて尋ねずにはいられない。

「これから、私は何をすればいいのかしら？」

「礼儀作法を身につけろ。可能ならば、読み書きや計算も」

「読み書きならできるわよ。計算も。じぃじが教えてくれたから」

シャルエルを育ててくれた爺は物知りだった。たくさんの本を持っていて、外に出られないほど深い雪の日が続く冬場は、本の読み聞かせをして、文字の綴りかたや計算を教えてくれた。村では物々交換が主で、滅多に銅貨も使わなかったから、あまりその計算が役に立つことはなかったが。

「本当か？」

モデストロは驚いたようにシャルエルを見て、それからちょうど通りかかった部屋の中に案内した。

そこは書斎らしく、大きな机が置かれ、棚には本がたくさん並んでいる。

モデストロは机の上に置いてあった羊皮紙を差し出した。

「ここに、何が書いてあるか読めるか」

それは契約書のようだ。いかめしい文字が並んでいる。

「ええと、……『我がブルタニアの第二王子、モデストロ・アウレリオの南ペスバランにおける荘園(マナー)の管理を、ティアルダ騎士団に委託する。租税・土地所有からの収益を、以下に約束させるものである』」

読みあげると、モデストロはうなずいて、別の羊皮紙を差し出した。

「では、こちらは」

そこに書かれていたのは、古き契約の文字とされるルーン文字だ。占いや呪術などに使用され、互いに破ることができない契約書にも使われる。むしろ、シャルエルはこの言葉のほうが得意だった。

そちらもすらすらと読んでみせると、ますますモデストロは驚いた顔をした。信じられない、といったように、肩をすくめて首を振る。

だが、否定の言葉を口にしなかったから、おそらくシャルエルが読みあげた文章とその意味は合っていたのだろう。

　モデストロはそのまま書斎を出て、食堂に到着するまで何も言わなかった。

　到着して、それぞれ向かい合った席に座る。料理が出てくるまでの間に、モデストロは軽く手の指を組み合わせて、シャルエルにまっすぐ視線を向けた。

　鋭いまなざしが、シャルエルに投げかけられている。

「おまえのいう『じぃじ』とは何者だ？　ギューフにこのような教育を施すなんて、聞いたことがない」

　これまで向けられたことがないピリピリとした警戒心を感じとって、シャルエルは身じろぎした。

「ええと」

　どう説明すればいいのかと考えながら、爺の姿を頭の中で思い描く。

「じぃじの名前は、……わからない。ずっと私はじぃじと呼んでいたし、村の人もご老人とか、お医者さまと呼んでいた。だけど、じぃじはお医者さまではないのよ。薬草の本を持っていて、少しばかりその知識があるだけなの。だけど、病人を抱えた村の人は、藁にでもすがりたい状態だったから」

「医者ではない。そこまではわかった。それで？」

「じぃじのこと、ずっと自分のおじいちゃんだと思っていたの。それくらい、愛情を注いでくれたわ。厳しい冬があって、その年はろくに食べるものもなかった。それでも、私にばかり、食べろ食べろと言ってくれて、じぃじはやせ細っていくから、心配だったわ」

「四年前か。かなり厳しい飢饉があったと聞いている」

モデストロの目は鋭いままだ。

最初に出会ったとき、彼がこんな表情をしていたことを思い出す。発情期を一緒に過ごしたことでかなり心を開いてくれたように思えたが、まだまだ警戒心は消えないのだと思い知らされる。

シャルエルは不安を覚えて、モデストロと同じようにぎゅっと指と指を組み合わせた。

「そうね。四年前。……土の中で芋は腐ってしまって、かろうじて取れたのは、ほんの小さな芋だけだった。森に行っても、食べ物の気配がなかった。あれは、本当にひどい冬だったわ」

森で食べ物を見つけるのが得意なシャルエルだったが、その食べ物がまるでなかった。

村では餓死者まで出たと聞いている。

どうにか生き延びることができたが、シャルエルの住んでいる森のあたりはまだマシなほうだったらしい。ブルタニア島の北のほうでは、村が壊滅するほどの死者が出たとも聞いていた。

「じぃじは本をたくさん持っていたわ。いろんなことも知ってた。いつでも優しくて、笑うと顔が皺でくしゃくしゃになるの」

爺の顔面は白い髭（ひげ）で覆われ、長身で痩せていた。フードつきの粗末な長衣を身につけていた。最近では歩くのに杖を使うようになったが、背はしゃんと伸びていた。

爺のことを思い出すと、懐かしさと寂しさに涙がにじみそうになる。爺に抱きしめられたときの安心感とぬくもりを、よく覚えている。

「じぃじに会いたいわ。奴隷商人が現れたとき、じぃじは私を連れていかせまいとして、頭を棒で殴られたのよ。血が流れてた。その傷が元で、起き上がれなくなっていないといいけど」

だんだんと心配になってくる。

逃げだした自分が戻らないことこそが、爺を奴隷商人から守る方法だと思っていた。だが、あのときの傷が悪化して、大変なことになってはいないだろうか。

「ちょっと、行ってみてもいい？　じぃじの様子を見に」

落ち着かなくなって、そわそわと腰を浮かすような感じで言うと、モデストロは呆れた顔でシャルエルを見た。

「おまえが住んでいた森は、どのあたりだ？　それによるな」

「ええとね」

シャルエルはウェールズにある森の住まいから、一番近かった村と町の名を口に出す。

その途端、モデストロは無理だ、と言い放った。

そこまで、馬車で三日はかかる。早足の馬を飛ばせば、どうにか一日でたどりつける距離らしいが。シャルエルもそれはわかっていたので、口をつぐんだ。

「ともあれ、何か機会があったら、その老人の容態を聞いておいてやろう。他にその老人についての詳しい情報を、あらいざらい話せ」

「あらいざらいっていっても」

「持っていた本の名。老人がかつて住んでいたという場所。口の端に上ったおまえが知っているすべての情報を、話してみろ」

戸惑いながらも、シャルエルは一つずつ思い出したことを彼に伝えた。

モデストロはそれによって、シャルエルへの疑いを少しずつ解いていったようだ。

「追放された役人か?」などとぶつぶつとつぶやいている。シャルエルは爺の出自について考えたこともなかったから、何も答えられない。

そうこうしている間に、朝食が運ばれてきた。

数日ぶりの食事に、ぐうと腹が鳴る。出てきたのは、シャルエルが大好きなエビのスープだった。

「これ、大好きなの」

満面の笑みで言うと、モデストロも真顔でうなずいた。

「エビ、っていうのが、どういう形なのか、いっこうに想像ができないのよね。見てみたいわ。厨房に入ってもいい？」

働くことをあきらめきれずに言うと、モデストロが口にした。

「海に、見に行くか？」

その提案に、シャルエルの胸は高鳴った。

山で育ったシャルエルにとって、海は憧れだ。この屋敷の眺めのいいところから、遠くに海のきらめきが見えるのだが、近くから見たらどんなだろう。

「いいの？」

「ああ。ロンディウムは海に面している。街の中心を流れるアムレカ河を渡らねばならないし、ここからかなり距離もあるが、馬でならすぐだ。馬には乗れるか？」

「乗ったことはないわ」

「二人乗りならいけるだろう。だったら、近いうちに」

そんなふうに提案されて、ドキドキが収まらなくなる。働くのを禁止されて、何をすればいいのかと途方に暮れていたのだが、いずれ海を見られる。

海はどんなかしら、と夢想に浸りながらパンをちぎっていると、モデストロが言った。

「それとは別に、おまえには礼儀作法も必要だな」

「俺もだ」

「え」

「行儀よく食べられるようになったら、他の屋敷の晩餐会に出席できる。そこでは、この屋敷とは比較にならないぐらいのご馳走が並ぶ」

「この屋敷以上のご馳走？　そんなことってある？」

「うちの料理人の腕は確かだが、大勢出席するような晩餐会が行われる屋敷なら、凄腕の料理人を何人も雇っている。見たこともない料理がたくさん並ぶぞ。特に、狩りの後なら最高だ。肉も好きだろ」

その言葉に、シャルエルはごくりと生唾を呑んだ。

「好きよ、肉」

村では家畜として牛や馬が飼われていたが、潰して肉を取るのは特別な日のご馳走だった。

州の役人の目が届かない山奥に住んでいたシャルエルたちは、森に棲む動物の肉を食べることもあったが、老人と娘だから、大きなものは獲れない。

野生の獣を狩るのは、王の委託を受けた州長官のみに許された特権だった。いくら畑を荒らされても、獣を狩れば役人に連れていかれて、罰金を取られると聞いていた。

だからこそ、狩りなどしてもいいの？　と口走りそうになったが、モデストロは王の側の人間なのだと思い直す。

彼が華やかな場に自分を連れていってくれようとするのは、嬉しい。

だけど、その前に厳しい礼儀作法のレッスンが待っているのだ。


モデストロが翌日、シャルエルに引き合わせたのは、高価そうな紫のドレスを隙なく着こなした四十過ぎぐらいの貴婦人だった。

「彼女は、ニンフィナ侯爵夫人。おまえに基本の立ち居ふるまいや食事の作法、社交における最低限のマナーを仕込んでもらう」

「よろしく」

ニンフィナ侯爵夫人はシャルエルを見据えて、不敵に微笑んだ。

顔立ちがどこかモデストロに似ている。背が高く、肩幅もあって、鼻梁が通っている。

不思議そうに見ていたからか、モデストロがつけ足した。

「彼女は俺の遠縁だ。あらゆる社交の場について、ふさわしいふるまいを熟知しておられる。俺もかつては、礼儀作法を厳しくしつけられた」

——モデストロさまが？

ブルタニアの王子であるモデストロと自分が、同じ礼儀作法の先生に習うなんて、ありなのだろうか。

ニンフィナ侯爵夫人はシャルエルをじっくりと眺めて、笑みを濃くした。

「腕の振るいがいのある、可愛いお嬢さんですこと」

その言葉に、ゾクッとする。

彼女はその後で、モデストロに視線を移した。

「モデストロは、なかなかにいい生徒でしたのよ。ですけど、その社交の術を、全く使っておられないのが残念ですわ」

水を向けられて、モデストロは苦笑した。

「ニンフィナ侯爵夫人。ここでそういうことは」

だが、彼女はモデストロに合わせようとはせず、真顔で言い返した。

「あなたに呼んでいただけるなんて滅多にないことですから、ここでハッキリとお説教しておかないと。気鬱の病とは聞いていたものの、会ってみたら、顔色もいいし、元気そう。それに、外出も少しずつしているんですってね。そんなにも引きこもりが過ぎてしまっては、次の王の座はあのろくでなしの第一王子に奪われてしまいますわよ。そうなったら宮廷も、ずいぶんと過ごしにくいところになってしまうわ」

「私は、……兄上と張り合うつもりはないのです」

モデストロはさっさと話を終わらそうとするかのように、そっけなく言った。

「王位など、欲しいのでしたら、兄上にくれてやりますよ。兄上も、王の座についたならば、多少はまともになるのではないかと」

「それはわからないわよ。子のころからの性質は、いつまでも残るの。あなたたちがどんな子だったのか、私はよく知っておりますもの」

ニンフィナ侯爵夫人はモデストロを社交の場に引き戻したいようだが、それくらいではモデストロの心が動いた様子はない。

モデストロは彼女にシャルエルを預け、一礼すると部屋を出ていった。

ふう、とニンフィナ侯爵夫人はため息を漏らす。

そのやりとりを見ているだけだったシャルエルは、おずおずと聞いてみた。

「モデストロさまは、あまり社交はお得意ではないのですか？」

ニンフィナ侯爵夫人は味方を得たとばかりにうなずいた。

「ええ。長いこと公の場で、あの子の姿を見ていないわね。久しぶりに連絡してくれたから、喜び勇んで飛んできたのに」

だが、それがシャルエルに礼儀作法を教えろというものだったから、さぞかしがっかりしたのだろう。シャルエルは申し訳なく思えてきた。

「すみません。私……」

うつむくと、ニンフィナ侯爵夫人はにっこりと笑った。

「いいのよ。どんな用事でも、あの子が私を頼ってくれたのは嬉しいわ。あなたに社交を仕込めということは、いずれ一緒に何らかの社交の場に出るつもりということだもの。良いことよ。あの子に、隠遁生活はまだ早いわ。すごく、能力もあるのに」

モデストロはシャルエルから見れば立派な大人だったが、幼いころから知っているニンフィナ侯爵夫人にとっては、『あの子』扱いのようだ。何かとモデストロのことを心配しているのが感じられる。

公の場に出ていないと言われたが、モデストロは最近、やたらと出かけているのをシャルエルは知っている。それは仕事の用事だと思っていたが、そうではないのだろうか。

——それに、気鬱の病って？

ぼーっとしたシャルエルの前で、ニンフィナ侯爵夫人が手を叩いた。

「では、あの子が連れ歩いても恥ずかしくないレディに仕上げるために、早速レッスンを始めましょうか。まずは、服装からね。ウエストを締める下着は、つけたことがある？」

「ありません」

そんなものを自分がつけるなんて、考えたこともなかった。

ふふ、とニンフィナ侯爵夫人は微笑んだ。

「本当に、腕の振るいがいがありそうだこと」

見据えられて、シャルエルは震えあがる。

怖かったが、頑張りたい。

外出することで、モデストロが少しでも気持ちを晴らしてくれるというのなら。

それくらいしか、自分にできることはないのだ。


「それでね。胸の下にある、ここの骨が折れると思ったのよ。それくらい、ギリギリとウエストを締めあげられたわ。それから、そのコルセット姿のまま、歩くレッスンをしたの。そうしたらまともに息が吸えなくなって、気がついたら床に倒れていたんだわ」

夕食後にモデストロの部屋で今日のことを報告すると、彼はクスクスと笑った。

「前にニンフィナ侯爵夫人が、俺の従姉妹のウエストを締めあげている場に居合わせたことがある。締めれば締めるほど、ニンフィナ侯爵夫人はやった気になるらしい。オレンジ一つ分ほどのウエストが理想だそうだよ。だけどそれには限度があって、前には締めあげた娘の骨をぽきりと折ったとか」

それを聞いて、シャルエルは青ざめた。骨が折れると感じたのは、大げさではなかったのだ。

「やっぱり！　それくらい、きつかったわ」

「シャルエルのウエストなら、締めつけがいがあるだろう。何せ、こんなにも細い」

モデストロの手が、シャルエルの腹のあたりから脇腹をなぞりあげていく。

自分の体格についてあまり考えたことはなかったが、背が高く、肩幅も広いアンズスと比べたら、ギューフは全体的に華奢だ。

だが、発情期を迎えたころから、全体的にふっくらとしてきた感じはある。

ここで美味しいものをたっぷりと食べさせてもらっているためだろうか。

「細いほうが好き?」

「いいや。どちらでも」

モデストロの部屋にあるベッドに、二人で寝そべってくっついている。

今日一日、ニンフィナ侯爵夫人の指導の元で背筋を異常なほどまっすぐに保っていたから、全身が痛かった。それでも、外から戻ってきたモデストロとくっつきたい気持ちのほうが勝っていた。彼はいったいどこに出かけているのだろうか、という疑問もある。

夕食を一緒に終えた後もモデストロにまとわりつき、髪をといてみたり、着替えの手伝いをしようとしてみたりしていたら、ベッドに連れこまれた。

天蓋つきのベッドはとても広く、寝心地もよかった。

以前、シャルエルがここに作った衣服による巣は綺麗に片づけられている。発情期は終わったというのに、モデストロにくっつきたい気分が消えないのはどうしてなのか、シャルエルはわからないでいた。

――だけど、モデストロさまとくっついていると、安心できるの。

彼が昼間出かけているのは、もしかしたら他の女性のところ、という可能性はあるのだろうか。

不安に思って筋肉質の腕を抱えこみ、匂いを嗅いでみたが、特に他の女の匂いはしない。くっついているだけで、モデストロの体温がとてもしっくりと馴染んでいく。モデストロにとっても、シャルエルの柔らかな身体つきは心地いいものなのか、寝ころんだまま正面から抱きこまれた。

モデストロの手が背中から肩にかけて撫でていくたびに、ぞくぞくとした心地よさが抜ける。もっと触ってほしくなった。身体の表面だけではなく、発情期のときに初めて強く意識するようになった恥ずかしいところも甘くうずいてくる。

どうしてこんなふうになるのか不思議で、シャルエルは困惑しながら顔を上げてモデストロを見た。

大好きな顔立ちだ。灰色の目に、高い鼻梁。愛しい唇。灰色の目は出会ったころの冷たい感じはなく、柔らかな光を宿すようになっている。

「どうした？」

「発情期は終わったはずなのに、身体が変なの」

三ヵ月に一度だから、当分めぐってこないはずだ。なのに、モデストロと密着しているだけで、身体が甘くうずきだす。

そんなシャルエルの額の髪を掻きあげ、モデストロは笑って軽く口づけた。愛しさが伝わってくるような、甘ったるい接触だ。だけど、シャルエルは額へのキスでは物足りなく思えて、自分から唇へのキスを求めて頬に触れた。

その意図を察したのか、唇がふさがれ、さらに口腔内に舌が入りこんでくる。

「んっ」

ぬるぬると、舌の表面を擦りあわせていると、身体の他の粘膜まで溶けていくような感覚があった。発情期の間にはモデストロを自分に惹きつけられている自信があったが、終わってしまえば、何もかもが心もとなく思えてくる。

どうすればモデストロを独占できるのか考えていると、モデストロが言ってきた。

「ギューフには明確に発情期というものが存在するが、アンズスやマン族には特にこれといった発情期はない。だったら、どういうときに発情するのか、知っているか」

モデストロのまなざしが、熱を帯びてきている気がする。ぞくぞくと煽られて、シャルエルは視線を離せない。

「どう……するの？」

「相手を好ましいと思ったり、その肢体や姿に性的に刺激されたりすると、アンズスは発情するんだ」

その答えに、シャルエルは息を呑んだ。発情期ではないのに、モデストロに興奮しているのは。今の自分もそれなのだろうか。

彼の重みが心地よくてならない。

モデストロはどうなのか、気になった彼の身体にそっと腕を回しながら、尋ねてみる。

「あなたも、……刺激される？　私に」

以前、モデストロが相手をしてくれたのは、発情期に入ったシャルエルを助けるためだ。今は発情期ではない。なのに相手をしてくれるというのは、シャルエルを好ましいと思ったり、その肢体や姿に性的に刺激されているからなのだろうか。

「どうかな。どう思う？」

顔を近づけられる。

そうだったら、嬉しい。

自分はどこまでモデストロに好ましく思われているのだろうか。

ドキドキしながら見定めようとしていると、また口づけられた。唇を割られ、舌をからめられる。キスは好きだ。モデストロの大好きな顔がすぐそばにあって、その息遣いも鮮明に感じられるから。

同時に、組み敷かれて足を大きく割られた。

「ッん」

足の間に、モデストロの身体を挟みこむ形となる。そんな姿にされると、もっと欲しくなることをシャルエルは身をもって実感せずにはいられなかった。もっと淫らなところに触れてほしい。そんな渇望がこみあげてくる。

唇を離した後で、モデストロが言った。

「いいか。こんなふうに相手にすり寄って、身体に触れるのはよくないことだと覚えておけ」

「どうして?」

「俺以外の男には、絶対にするな。煽られた相手に、何をされるか……」

そんな言葉とともに夜着の裾から手を差しこまれ、太腿に沿って引き上げられた。そのままさらに胸の上まで引き上げられると、肌のほとんどが剝き出しになってしまう。

顔を夜着から抜かないまま乳房にモデストロの手が伸びたので、シャルエルは慌ててもぞもぞして、夜着を抜き取った。

モデストロの手は乳房に触れたままで、柔らかさを堪能するように軽く揉み上げてくる。そうされると、頂にある乳首がことさら意識された。感覚が、過敏に研ぎ澄まされていく。

乳首には触れられないままさらに何度か揉まれ、耳元でささやかれた。

「少しここ、育ったか?」

「えっ、わからな……」

「前より、触り心地がよくなってきたような」

そんな言葉とともに乳首を軽く指先で、きゅっとつまみあげられた。

「ッん！」

ぞくっと震えたその直後に、反対側に唇で吸いつかれる。吸われた後で舌先で乳首を転がすように舐めあげられて、そこがますますしこっていくのがわかる。

発情期が終わって自然と濡れることはなくなったはずなのに、じわりと下肢からあふれ出すものがあった。

発情期のように熱に浮かされた状態とは違うから、今はモデストロの愛撫の一つ一つが鮮明に伝わってくる。それが逆に恥ずかしくて、シャルエルの瞼が震えた。

「っあ」

「やはり、ここの揉み心地がよくなったような気がする」

そんなことを言いながら、モデストロの手が両方とも乳房に伸びた。やんわりと二つのふくらみを揉み上げられると、くすぐったさの中でなんだか胸がキュンキュンする。シャルエルも気になっていたから、刺激を受け止めながらも聞いてみた。

「っぁ、……にくが、……ついた？」

「もっと育ててみようか。どうすればいいんだ？」

からかうようにささやきながら、モデストロの唇がまた乳首に落ちた。ちゅうっと吸いあげられると、そこから広がる刺激がすごすぎて、シャルエルはもじもじと足を動かさずにはいられない。

自分の胸を育てるにはどうすればいいのか、まるでわからなかった。それでも、モデストロの好みになりたい。そうしたらもっと愛されるだろうし、きっとシャルエルを長くそばに置いてくれる。

乳首をなぶられる快感がじわじわと下肢へ伝わり、そこから蜜が滲み出す。

モデストロは両方の乳首をたっぷりいじった後で、身体を下のほうにずらしていく。立てた膝をつかまれ、足を大きく広げられた。隠せなくなったそこを軽く指でなぞられただけで、全身にぞくっと痺れが走った。

「っん、あ!」

さらにモデストロの指は、花弁に沿ってすっと差しこまれる。そこはたっぷりと濡れていたから、指の動きはなめらかだ。

蜜を掻きだすように指を動かされると甘ったるい快感が湧きあがり、太腿の内側にきゅっと力がこもった。反射的に足を閉じようとしたが、モデストロの身体が割りこんでいるからかなわない。

そこで指を往復させられているだけで、ぞくぞくと身体が高まっていく。

全身から力が抜けて、だんだんとその指の動きを全感覚で追うことしかできなくなった。あっという間に下肢を満たしていく快感は圧倒的で、ただそれに身を任せるばかりだ。

「ん、んん、ん、ん、ん」

それは、突然にきた。

「あっ、待って、……こんな……っ！」

びくんと背筋が跳ね上がり、腰のあたりで膨れ上がった快感がある一点で爆発した。

「あっ、あああっ……！」

のけぞった上体がガクガクと震える。太腿が痙攣する。

「っは、……は、は、は、は……っ」

最初の衝動が落ち着いた後も、まだ身体のあちらこちらに快感がわだかまっていた。ぞわぞわとした痺れが、なおも皮膚の表面に残っている。

そのまま休憩したかったが、モデストロは許してはくれなかった。

「んっ！　……ぁ、……あ……っ」

開いたままの足の中心に指をずぶりと根元まで突き刺され、さらにモデストロが花弁に吸いついてくる。

「ふっ、……ぁあ、だめっ」

まだ絶頂から間もない身体に与えられた生々しい感触におびえてずりあがろうとしたが、

特に感じる突起の部分を舌先でぬるりと吸いあげられた。

「んんっ！」

この状態で、強烈に身体を貫く快感にあらがうすべはない。新たな爆発が誘発される。ぐぐっとどこかに運ばれたような感覚があって、シャルエルは立て続けに達していた。

「っあ！　あああ……っ！」

それでもモデストロの舌は、そこを柔らかく舐めるのを止めてくれない。そんなふうにされると、身体がいつまでも落ち着かない。

「っ、あ、あ、……そんな」

ガクガクと腰が突き出すように揺れ、ぎゅうぎゅうとモデストロの指を襞が締めつけてしまう。

なおものたうつシャルエルを上手に押さえこみながら、モデストロは舌先を器用に動かして、感じる突起を刺激し続けるのをやめない。

おかしくなりそうな快感が、次から次へと駆け抜けた。

「っん、ん、ん、ん……っは、……んぁ、あ……っ」

モデストロの愛撫はあくまでも丁寧で、繊細だ。

だけど、力が抜けきった身体に与えられる強すぎる甘い毒に、シャルエルはあえいだ。

大きく足を広げられたまま、深くまで指で突き刺され、その指をやんわりと動かされながら、尖らせた舌先での愛撫を受け止めるしかない。

「っぁ！　……っぁ、あ、あ……！」

おかしくなる。

舌があるところからひたすら濃厚に流しこまれる快感に、下半身が溶けてなくなりそうだった。

また急速に、次の波が押し寄せてくる。

「っふ、……んっ、んっん、ん……っ」

身体がビクンとのけぞり、新たな絶頂へと投げこまれた。


「っぁあああ、……あっ……！」

入り口を大きく押し広げられる感覚が、挿入されるのに合わせてどんどん奥にまで伝わっていく。

モデストロの硬い熱いものが、自分の深い部分まで貫いているのだ。

「んぁ！」

発情期が終わってから一週間ぐらい経っていた。久しぶりに味わわされたその大きさを、シャルエルの身体は受け止めるだけでいっぱいいっぱいだった。気持ちよさに意識が飛びそうだ。

「は、あっ」

根元までシャルエルを串刺しにした後で、ゆっくりとモデストロが動き始めた。

その快感に酔いながら、薄く目を開いてシャルエルは彼を見た。こんな角度から眺めるモデストロの表情がとても好きだ。少しすがめた目に、上気した頰。彼に快感を与えているのは自分だと思うと、ジンと胸が痺れて、狂おしいばかりの下肢のうずきが少しだけまぎれる。

シャルエルにとっての唯一のつがいだ。なのに、どうして彼は自分だけのものではないのだろう。そんな考えが一瞬頭をかすめる。

――私が、ギューフだから？

シャルエルがアンズスのメスだったら、つがいになってくれたのだろうか。

胸がズキンと痛む。自分は彼の愛人に過ぎない。わかっているのに、悲しいのはどうしてだろう。モデストロが自分をそばに置いてくれているだけでも、嬉しいはずなのに。

だけど、何も考え続けることができないぐらい、突き刺される快感は圧倒的だった。

「っあっ！　あ、あ、……っあ、あっ」

動きに合わせて、押し出されるように声が漏れる。

突き刺され、抜かれるたびに粘膜が強く刺激され、身体の内側から湧きあがる感覚が目まぐるしく変化した。

ぐっと中を広げられ、奥まで道をつけられていくときの、ぞわぞわとした違和感。それが甘ったるい痺れにほんの短い時間で変化し、その感覚が濃密な快感として腰の奥に蓄積されていく。

「ん、ぁ」

モデストロが、どこか切羽詰まったような熱い息を漏らしたのが見えた。

その顔を見ただけで、ひくりと襞がうごめく。愛しい人。彼は発情期でもないのに、これほどまでにシャルエルをおかしくさせる。

身体の中で暴れまわるモデストロの熱杭は、どんなにきつく締めても制止できないぐらい獰猛だった。襞の隅々まで容赦なく押し開かれ、突き上げられて次々と新たな刺激が生み出される。

「ッ！　ん、んッ――――！」

蜜によってすべりがよくなった楔が、勢いよく奥まで突き刺さる。襞を擦りあげられる快感に、ぞわっと鳥肌が立つほどだった。

感じるたびに、自分の襞がその熱いものにねっとりとからみついていくのがわかる。

「は、は……っ」

気持ちが良すぎた。

中で感じるモデストロに、シャルエルはすべての意識を集中させる。もっともっと悦くなってほしくて、突かれるたびにきゅっと中を締めるようにしていたら、途中でモデストロが動きを止めた。

「は、……っ」

どこか苦しそうな吐息に聞こえて、シャルエルは朦朧としながらその顔を見上げた。

大きく肩で息をしていたモデストロは眉を寄せ、軽くシャルエルに口づけてから苦笑した。

「シャルエル。……これは、……気持ちよすぎる」

「え」

ただつながっているだけで、モデストロの形に押し開かれた粘膜がじんじんとうずいた。

動きを止められると、そこが絶え間なくひくついているのがわかる。

「いつから、俺の動きに合わせて締めることなんて、……覚えた?」

具体的に指摘されてようやく、自分がモデストロを気持ちよくしようとしてやっていた動きをとがめられているのだと理解できた。

途端に、いたたまれなくなる。

「っ、……これはね」

「発情期のときは、無意識にやっていたようだが。……これは、わざとだろ」

共犯者のような問いかけと、かすれた甘い声にドキドキした。こんなときのモデストロは、むしゃぶりつきたいぐらいに色っぽい。息が乱れ、滲み出した汗で髪が肌に張りつき、上気した肉体の野性味が引き立っていた。

きっちりとレースのシャツと長衣を着込んだ貴族そのものというういでたちのモデストロにも見惚れるが、これはこれでたまらない。彼が困っているのを感じとって、シャルエルは思わず笑ってしまった。

「これはね。そうよ。わざと、……やってるのよ。あなたを、……もっともっと、気持ちよくさせたいから」

笑うたびに腹筋に力が入って、モデストロとつながったままの襞に複雑な刺激が広がった。面白いのと気持ちいいのとで、シャルエルは笑い続けるのも困難になる。

それを聞いて、モデストロがからかうように言ってきた。

「そうか。だったら、自分で動いてみるか」

最初は何のことだかわからなかったが、モデストロがシャルエルの腰をつかんで支え、彼の腰にまたがる形に引き起こしてきた。

自分の体重でモデストロのそれを深く迎え入れさせられ、シャルエルはうめいた。信じられないほど深いところまで彼の切っ先が届く感覚に、身じろぎすらままならない。

「……このまま、好きに動いて、搾り取ってくれ」

大好きな人に軽妙な調子でささやかれ、愛おしむようなまなざしを向けられて、シャルエルは発奮した。

モデストロを見下ろしながら、まずは中の感覚を探るべく、ゆっくりと腰を動かしてみる。前後に擦りつける動きだ。自分から動くと、いちいち体内にある楔の存在を強く感じとれた。最初はあまり大きな動きはできず、悦いところに擦りつけるだけだ。

感じるたびに、中がきゅうっと締まった。

「っぁ、……っあ……」

「そんなに締めたら、動けないだろ?」

不思議そうに言いながら、モデストロがシャルエルの胸元に手を伸ばしてきた。そこにある胸が気になるらしく、両手で包みこむように支えてから、親指で乳首を転がした。動くたびに乳房が柔らかく揺れる感触が楽しいのか、ずっとその手は離れない。

シャルエルはその小さな部分から広がる快感に身もだえしたい気分だった。

「っぁ」

胸からの感覚に動けなくなると、モデストロが励ますように声をかけてくる。

「感じさせてくれるんだろ?」

「そう、……よ……」

その言葉に、シャルエルは頑張って大きく動きだした。緩やかな前後の動きだけでは、おそらくモデストロはあまり気持ちよくないはずだ。彼がするように、上下の動きをしなければならない。

上体を少し倒して踵を引き寄せ、できるだけ上下の動きを意識してみる。

自分で速度を調整しているせいか、挿入感がことさら強く感じられて、気持ちよさがどんどん増していく。

「っぁ、……あ、あ……」

慣れるにつれ、だんだんと動きもスムーズになった。感じるところもわかって、そこに当たるように入れていく。何より、この体位だとモデストロの顔がよく見えた。

モデストロもじっとこちらを眺めているから、ずっと目が合っていて恥ずかしくもあったが、それ以上に彼の表情の変化がつまびらかにわかることに興奮した。

——すごく、……気持ち……よさそうな顔、してる……。

モデストロもシャルエルの動きに合わせて、下から突き上げる動きを加え始めていた。

シャルエルが腰を下ろす動きと、モデストロが突き上げる動きが一致すると、腰が砕けそうな悦楽がそこから生まれる。

その快感に後押しされて、淫らにくねる腰の動きが止められない。

「っぁあ、……あ、あ……」

動きはどんどん激しくなり、モデストロの逞しいものが奥まで収まるたびに、その衝撃に息を詰めずにはいられなかった。この体位だと一番奥まで届きやすいのか、切っ先で内臓をえぐられる感覚が強くあって、ぞくっと総毛立つ。

「ぁあ、んぁ、あ、ぁあ……ン……っ」

感じるのに合わせてますます硬くしこっていく乳首を、モデストロにつまみだされて転がされるのがたまらないし、時折ぐりっと痛いぐらいにひねられる快感もすごい。

乳首の刺激を手放したくなくて、モデストロの手の届く位置にずっと上体を倒していた。

「……ダメよ、……おかしく……なる……っ」

身体がどろどろになる感覚は、発情期特有のものだと思っていた。だが、発情期よりも理性がわずかに残っている分だけ、恥ずかしくて一段と感じているのかもしれない。

「ん、……っぁ、……っもで……すとろ……っ」

愛しい人の名を呼ぶ。

本来ならば、近づくのも恐れ多い第二王子だ。彼が自分を身近に置いてくれるのが嬉しい。誰よりも彼に近い存在になりたい。肉体がつながりあっているときは、いつも彼を近くに感じる。

モデストロは、やはり運命の人だ。たとえモデストロにとってシャルエルがそうでなかったとしても、もはやどうにもならない。愛しい気持ちは止められない。

——終わらせたく……ないわ……。

こんなにも気持ちがよくて、腰から全身が溶けてしまいそうなのだ。ずっとこの感覚を味わっていたい。だけど、身体は勝手に絶頂に向けて走りだし、そのためのより強い刺激を求めて腰が暴れまわる。

モデストロの切っ先が、感じるところをえぐるたびに、息が詰まるほどの快感が広がる。シャルエルは絶頂まで、息を切らせながらも一直線に昇りつめた。

「っぁ！　……あっんぁあ、ンぁ、……ん！」

ぞくっと震えて、ぎゅうっとのけぞったまま達した。びくびくっと大きく跳ね上がった後で動けなくなると、シャルエルの腰を大切そうに支えて、モデストロが丁寧に仰向けに寝かせてくれた。

だが、その体内でモデストロのものがなおも逞しさを保っているのを、シャルエルは不穏な予感とともに感じとる。彼はまだ達していないのだ。

「あとしばらく、付き合ってくれるか」

自分の未熟な動きでは、モデストロが達するには足りなかったのだと思い知らされて、しょんぼりする。そんなシャルエルに覆い被さったモデストロが、叩きつけるような動きを繰り返した。

「んっ、……ん、ん……」

こんなふうに揺さぶられるのに、シャルエルは弱い。達したばかりの敏感な身体が、また次の予感を孕んで痙攣する。シャルエルは甘い声を上げながら、モデストロの動きに身を任せることしかできない。

──あ、……また、……くる……っ。

ぞくぞくと襞が痙攣する動きに合わせて、新たな波が押し寄せてきた。続けざまのそれに備えて、自然と身体に力がこもっていく。

それでも必死になって、モデストロの絶頂に合わせるために我慢しようとした。

なのに、モデストロとつながった部分から、次々と暴力的なほどの快感が流しこまれてくる。モデストロを気持ちよくしたいから、中をきゅっと締めようと思うのに、感じすぎてそれもできない。

「あ、あ、あ──……！」

あまりの快感の強さに途中で何もかもわからなくなって、シャルエルは気づけば次の頂点に達していた。しまった、と焦ったが、痙攣する身体の奥に、モデストロが出したのを感じとって、安堵した。発情期でなくとも、愛しい男の精は痺れるほどの快感をもたらしてくれる。

くたくたになりつつも、それでもまだ終わりではない気がして、シャルエルは薄く目を開いた。モデストロがそんなシャルエルの顔をのぞきこんで、愛しげに呼んでくれた。

「シャルエル」

ささやきと、キスをくれる。からめあった舌の動きに応えながら、シャルエルはその頭の後ろに手をからめ、抱えこんだ。

——好きよ。

彼のことをもっと知りたい。どんなことをしたら、喜んでくれるのか。

彼の灰色の瞳が、生き生きと輝くのを見たい。

そのためには、自分に何ができるのだろうか。

第五章　第二王子の煩悶

「――モデストロ」

　何度か呼びかけられて、モデストロはハッとしてその方向を見た。

　近づいてきたのは、昔からの友人だ。きらびやかな上着の立ち襟の金モールが目立つ美丈夫。今日、モデストロをこの晩餐会に招いてくれた、シモーネ・グラビー伯爵。

「今日はようこそ。珍しいな、おまえが社交の場に出てくるなんて。気鬱の病というのは、少しはよくなったのか」

　握手を求めてくるシモーネに、モデストロは手を差し出した。痛いぐらいに強く握られた後で、ぐっと引き寄せられて全身を抱きこまれる。これは、最大級の親しさを意味するしぐさだ。

　そこまでの親愛の情を示されたことに戸惑いながらも、モデストロは身を離して微笑んだ。

気鬱の病というのは隠遁したいがための仮病だったが、そんな自分でも居場所はあるようだ。

「ああ。久しぶりに、おまえの料理人の味を思い出してな。それに、紹介してもらいたい人がいる」

「ほお？　おまえが誰かに興味を持つなんて珍しい。誰だ？」

「レジナード伯爵。彼は歴史に詳しいと聞いた。書庫を見せてもらいたいんだ」

「書庫を？　そういや最近、あちこちの貴族の家を訪ね歩いているらしいな。レジナード伯は今日来るはずだから、紹介しよう。だけど、歴史だと？　学者にでもなるつもりか？」

「毎日、退屈で、あれこれと本を読んでいるんだ。そんな中で、珍しいものが読みたくなってね。それに、……今日は、見事なバタールを手に入れたと聞いたものだから」

その言葉に、シモーネが満足そうに微笑んだ。目を輝かせ、大仰なしぐさとともに言ってくる。

「そうだ。獰猛なオスのバタールだ。一発で仕留めた。すごい大きさだ。一抱え以上はある」

シモーネは両手を大きく広げて、獲物の大きさを表現した後で、狩りのときの武勇伝を語り始めた。いつもその話は大げさだから、話半分に聞いておく。

だが、シモーネは他にも気になることがあったようだ。武勇伝を手短に語り終えると、からかうように目を細めた。

「今日は、お気に入りのギューフを連れてきたそうだな」

「気になるか？　だが、手を出すなよ。あれは、俺のものだ」

モデストロは軽く肩をすくめた。ギューフは軽く見られるところがあるから、あらかじめ予防線を張っておく必要がある。

今日はシャルエルを連れてきている。

屋敷の中で退屈している様子だったから、そんな彼女を海に連れ出してみたら、すごく喜んだ。彼女といると、ただの海がとても新鮮な場所に感じられた。

そんなシャルエルを連れて、あちらこちらに行ってみたくなった。彼女がいれば、どんなところでも輝いて感じられる気がしたからだ。

隠遁を表明している身だから、舞踏会など派手な場所はそぐわない。それでも、ごく親しい友人の開く晩餐会ぐらいなら、話題にもならないはずだ。

ここで、シャルエルが食べたことがないような美味しいものを食べさせてやりたい。

「おまえがそこまで言うなんて、ずいぶんとお気に入りのようだな。おまえまでギューフを連れ歩いているのを見たら、ご婦人方は嘆くだろう。第一王子もギューフ好きで有名だから、この国はギューフに乗っ取られてしまうのではないかと」

「兄上と俺は違う。兄上のあれは、ギューフが好きというのとは、違うからな」

兄のグラツィオにとってのギューフは、単なる愛玩物であり、性的な玩具に過ぎない。お気に入りのギューフとつがいの契約を交わして、飽きたら殺して次を探すなんて残酷極まりない。

モデストロの声の中にあった非難の響きを、シモーネは敏感に感じとったらしい。

「だったら、おまえにとってのギューフは何だ？　アンズスであっても、ギューフと相性が合うものはつがいの契約を結び、結婚するとも聞く。だが、第二王子の立場ではそれもできない」

シモーネは数少ない昔からの友人だ。周囲に自分たちの話が聞かれない状況ならば、正直に本心を伝えることができる。

「ああ。俺はいずれアンズスのメスと結婚し、純血種の子を成さなければならぬ立場だ。それに、俺には後ろ盾が必要だと心得てもいる。おまえの言いたいことはわかっている。シモーネ」

幼いころから暗殺の危険にさらされ続けてきた。

だからこそ、モデストロは兄と張り合うようなことはせず、次の王は兄に譲るという態度を表明した。

それでも、常に命の危険は付きまとう。宮殿内ではなく、かつて王の宰相が使っていた古い城館に住んでいるのは、そのためだ。

兄にとって自分は、目の上のたんこぶであることを自覚していた。いくら隠遁していても、次の王が兄に決まったときには、殺されるかもしれない。そう予感していたからこそ、安全を保障するために宮廷で強い権勢を持つ貴族とのつながりは欠かせない。

そのためには、その貴族と婚姻関係を結んでおくのが一番だ。

「だったら、見合いをしよう。おまえの婚約者になりたいという名家のアンズスのメスは、何人もいる。すぐにでも顔合わせを設定するぞ」

シモーネとしては、ギューフと遊んでいるどころではなく、早々に後ろ盾となる有力貴族の娘と婚姻関係を結んでおけと言いたいのだろう。すでに何度も言われている。

だが、モデストロにとってシャルエルは、何よりも大切な存在になりつつあった。つがいの契約こそ結ぶことはできなかったが、それでも強くシャルエルに惹きつけられている。

モデストロは煩悶しつつも、息を吐き出した。

「まだ、その気にはなれない。いずれ、その必要があったときには、よろしく頼む」

「だが、いい加減、婚約ぐらいは決めておけ」

シモーネは今日の晩餐会の主役だから、彼に挨拶をしようと招待客がひっきりなしにやってくる。それを取り次ごうとして、家令が少し離れたところで待ち構えているのが見てとれた。

だが、シモーネはモデストロの手首をつかんで、奥の小部屋に連れこんだ。家令に合図をして、しばらくこちらに人を寄せないようにとも伝えたようだ。

滅多に外出しないモデストロだから、この機会に話しておきたいことが山のようにあるのだろう。

「おまえに王位を継いでもらいたいと思う人間は、大勢いる。俺以外にもだ」

真剣な声で、訴えられた。またその話か、とモデストロは内心でうんざりした。

宮廷の中で、ことさら自分を推す勢力があることは知っている。

「ああ。だけど、兄上が……」

「いい加減、真面目に俺たちの話を聞いてくれ。ここだけの話なんだが」

シモーネが声をひそめた。玄関のあたりに一人で残してきたシャルエルのことが気になりながらも、モデストロはシモーネの話に耳を傾けた。

「先の遠征先のテンビルで、第一王子はとんでもなく残酷な行為をした。その詳細が、密かに宮廷で広がっている」

「どのような?」

兄が残酷なのは、昔からだ。そのことは、一番よく自分が知っている。

テンビルはブルタニアの貿易の拠点として、発展してきた港湾都市だ。マン族侵攻のときにはブルタニアの守りのかなめとなり、そのときに築かれた城壁が長い間、街を守り続けてきた。

「テンビルの州長官は、王からの税以外に、重い取引税を城下町の商人たちに課している。だが、昨年の暴風雨によって、港には大きな被害が出た。港近くの倉庫や建物が水に沈み、船もたくさん流された。ところが、州長官は助けを差し伸べるどころか、例年と同じ取引税を納めろと求めてきた。さすがにそれは重すぎると、商人たちが中心になって反乱を起こした」

「ああ」

そのように聞いている。

テンビルはモデストロにとって多少関わりのある地だったから、暴風雨のときには自分の領地からあがった金や、救援の品も送ってある。

だが、あまり人と関わりを持たず、見舞いにきてくれた友人さえ門前払いにするほどだったから、詳しいことはろくに知らずにいた。

なんだか、不穏な予感がする。

「州長官ではなかなか反乱を鎮められず、陛下へ救援が求められた。出陣を命じられたのが第一王子だったのは、おまえも知っての通りだ。だけど、王立軍を率いて、鎮圧に向かった第一王子が、テンビルの城壁内で兵たちに何をさせたのか知っているか？　命からがら逃げてきた民が、話していたことだ。一人のみならず、何人も同じことを言っているから、偽りではないはずだ」

「……それは知らない。どのような？」

シモーネの深刻な表情に、少しずつ鼓動が乱れていく。

その反乱が起きたのは、半年ほど前のことだ。

何事もなく鎮圧できたと、戻ってきた兄が武勇を王に誇っていたのを覚えている。兄と王立軍を出迎えた凱旋（がいせん）はロンディウムで華やかに行われ、兄や兵士たちは大勢の人々の歓声で出迎えられた。

シモーネは不穏に声をひそめた。

「第一王子は反乱を鎮めるために、手あたり次第殺せと、自軍に命令を出していた。反乱に加担していたものだけではなく、皆殺しに近いやりかたを取った。その命令によって、テンビルの城壁内にいたものたちはことごとく殺され、略奪を受けた」

「そんな」

さすがに、モデストロは言葉を失った。

テンビルには何度も行ったことがある。交通の要衝であり、ブルタニアの北部に海路で向かうときには、必ず通る場所だった。

港が近く、とても豊かで、タコの名物料理があった。人々は明るくて屈託がなく、街を歩けば物売りが何かと声をかけてくる商業都市だ。

身分を隠して泊まっていた馴染みの宿も、城壁内にあった。暴風雨の後に連絡を取ったら、窮状を詳しく手紙で知らせてくれた。金や救援の品を送りはしたが、モデストロにできることは多くはなかった。それでも、反乱が起きたと聞いて、何かできることはないかと探っていたのだ。

——なのに、皆殺しだと……？

城壁内の路地裏では子らが走り回り、人々が楽しく逞しく暮らしていたはずだ。罪のない人々が大勢殺されたのだと初めて知って、モデストロは目の前が暗くなるのを感じた。

シモーネの話は続く。

「さすがにその血なまぐさい鎮圧によって反乱は収まったそうだが、死者の数は数えきれず。……テンビルの街の悪臭は、何ヵ月も消えず、上空では遺体をついばむ鳥の群れが渦巻いていたそうだよ」

ぞくっと背筋が震えた。テンビルの城下町の規模を思うと、死者の数は何千人にも及ぶだろう。

「陛下は、それをご存じなのか？」

「テンビルの州長官は、さすがにやりすぎだと陛下に抗議したそうだ。領土は領民がいなければ、たちゆかない。暴風雨でダメージを受けたテンビルの港の倉庫は、いまだに塩水に浸ったままだ。それに加えて、皆殺しだからね。——州長官は遺体の処理のために、別の街から民を移動させた。空いた家に住まわせ、港の繁栄を取り戻そうとした。だが、人々は気味悪がって居つかない。テンビルの繁栄は、これで終わるだろう。暴風雨の直後から、船は別の港に立ち寄るようになっていたし」

あり得ない惨状に、モデストロは戦慄した。

「それを知って、陛下はどうなされた？　さすがに、兄上に懲罰を」

「いや。陛下はそれを聞いて、哄笑されたそうだ。グラツィオがすぐに戻ってきたと思っていたが、そういうことか。あやつは、恐怖で民を従わせる王になるのだな、と。その陛下の態度に、俺を含む臣下たちはひどく失望を覚えた。陛下はやるときには容赦ないお方だが、それでもお慈悲はある。第一王子とは違うはずだ。だが、第一王子のこの所業を知っても、廃嫡されないのかと」

その言葉に、モデストロはぐっと強く拳を握った。ぞわりと、身の内から広がる戦慄とともに感じるのは、言葉にならない息苦しさだ。何かどろどろとしたものが、腹のあたりに詰めこまれる。

王位など、兄にくれてやればいいと考えていた。

しかしこうなると、自分だけの問題ではないと思えてくる。親切にしてくれたテンビルの人々の顔が一人一人浮かんできた。

あの街で、モデストロの身分を知らない人々と酒を飲み、語るのが好きだった。そのときだけは、息抜きできた。いっそあの海に浮かぶ船に乗って、遠い国に行ってしまいたいと考えたこともある。滞在が一日、また一日と延びていくような、過ごしやすい街だった。だけど、モデストロが好きだったテンビルはすでにない。廃墟になってしまった。

「……そうか」

声は空虚に響いた。

救援物資や多少の金を送ったぐらいで、何かしてやった気分になっていた。だけど、何の役にも立てなかった。その惨状すら、知らずにいたのだ。

手紙の返信がないのもさして不思議には思わずにきたし、おそらくその話をしにきた友人すら門前で追い返してしまった。

「さすがに第一王子は問題があると、俺たちは考えている。だが、家臣の身では、次の王の指名に関わることはできない。だからせめておまえに、どうにかやる気を出してほしいと、懇願するばかりだ」

じっとシモーネに見つめられると、モデストロはさすがに気のない返事はできなかった。

「……考えてみる」

視線をそらせ、硬い表情をして、そんなふうに答える。

だが、自分に何ができるのだろう。

第一王子は残酷な殺人者だ。成長すれば落ち着くかと思ったが、さすがに半年前のその所業を聞けば、ますます悪化していると考えざるを得ない。

かつては、モデストロ一人だけ耐えればいい話だった。だが、もはや自分だけの問題ではない。一人だけ逃げて、どうなることでもないのだと、大勢の死とともに認識する。

そのとき、家令が遠慮しながらドアを叩いた。次の招待客が長いこと待っていると、シモーネに伝えてきたので、それ以上の長話はできなかった。

モデストロはシモーネと別れ、広い玄関ホールに急ぎ足で戻った。そのあたりにいる招待客をかきわけて、シャルエルを捜す。

初めて、このような社交の場に彼女を連れてきたのだ。

ほんの少しシモーネに挨拶するだけのつもりでシャルエルを残したのだったが、思いがけず長話になった。心細い思いをさせてはいないだろうか。

招待客は三十人ぐらいのはずだが、建物が凝った作りだから、妙なところに柱や壁があって、なかなか見通しが利かない。

ようやく窓際にぽつんと立っているシャルエルを見つけた。いかにも心細そうな様子で、窓から庭を眺めている。

彼女が身につけているのは、モデストロがオーダーした深紅のドレスだ。ほっそりとしたその肢体が惹きたつ上体のラインに、ふんわりとしたスカート。

肩から腕にかけての、その優雅なラインが好きだった。それに、横顔も。

未婚の女性だと示すために、黄金色の髪は結うことなく、肩に流してある。

彼女の胸元を飾っているのは、島国であるブルタニア特産の真珠だ。大粒の真珠のネックレスは、母が遺したものだった。ずっとしまいこんでいたが、それを彼女につけてもらいたかった。結婚することはかなわない分、何らかの方法で贖いたい。何せ彼女は、モデストロに生きる喜びを与えてくれる。

姿を見つけてもすぐに近づかなかったのは、少し離れたところからその美しさを愛でたかったからだ。

遠目からの、彼女のシルエットの美しさに惚れ惚れとする。

なめらかで光沢のある布地が、シャルエルの肌のみずみずしさを引き立てる。

人々がちらちらとシャルエルを眺めているのがわかった。そうだろう、俺のシャルエルは美しいだろう、とモデストロはひどく誇らしい気分になる。だが、これではまるでギューフを見せびらかすために連れ歩くギューフ愛好家そのものだ。

そう気づいた途端、モデストロは動揺した。自分はもっと純粋な気持ちでシャルエルを連れてきたはずだ。

シャルエルに、いろいろなものを見せたかった。美味しいものを食べさせたかった。

彼女がいれば、灰色だった世界に色彩が備わっていくような感覚があった。

——世界が輝く。砂のようにしか感じられなかった食べ物に、味が戻ったように。

そう考えると、ここに連れてきたのはシャルエルのためというよりも、自分のためではなかったかと自問してしまいそうになる。

足を止めて考えていたその隙に、誰かが彼女に近づいて話しかけた。

アニエトロ伯爵だ。この屋敷の主人、シモーネ伯爵の後見人のような立場にある、五十過ぎの精力的な人物だ。かなり前に、妻を亡くしたと聞いた。

シャルエルはこのような場でのやりとりに慣れてはいない。だからこそ、助けなければならない。

何より大切な彼女に話しかけることすら許せなく思えて、モデストロは早足で近づいた。

大勢の人がいるから、かなり近づくまで二人はモデストロには気づかなかったようだ。

だが、こちらに気づいて顔を向けた途端、迷惑そうだったシャルエルの表情が劇的に変化した。

目が細められ、口元に嬉しさがにじむ。

それはまるで、花がほころぶような愛らしさだった。

あふれるほどの愛情に満ちた顔を向けられて、シャルエルを見慣れているはずのモデストロですら、ドキッと鼓動が跳ね上がって狼狽(ろうばい)した。

すぐさまシャルエルを抱きすくめたいのをこらえて、モデストロは冷ややかな声をアニエトロ伯爵に向けて発した。

「私の連れに、何か？」

彼は悪いところを見られたように、軽く肩をすくめた。口の中でごにょごにょ言いながら離れていく。

その姿が柱の陰に見えなくなるまで見送ってから、モデストロは思いきりシャルエルを抱き寄せた。ほっそりとした身体を完全に腕の中に収め、彼女の肢体の感触を十分に味わわないことには、落ち着かない。

ついでに、そのかぐわしい髪の匂いを頭のてっぺんから嗅いだ。自分のこの姿を、近くにいる何人かに見られているとわかっている。それでもかまわなかった。ギューフに骨抜きにされていると噂されたとしても、それは事実だ。

「待たせてすまなかった。アニエトロ伯は何を？」

十分に味わってから、抱擁を解く。

シャルエルは、その質問に悪戯っぽく答えた。

「『誰の連れのギューフだ？　主人さえ許したら、今晩私と付き合ってくれないか』ですって。何よ、あれ」

ぷん、とふてくされたような口調が可愛い。

社交の場にギューフを連れ歩くものの中には、そのギューフを利用しようとするものも多い。美しいギューフを見せびらかし、自分の財力を示すのと同時に、機会さえあったら

彼らを性的な玩具として提供し、有力者との関係を結ぼうとする下心まであるのだ。

　アニエトロ伯がモデストロを見てあっという間に引いたのは、そういう洒落の利かない相手だと理解しているからだろう。

　自分について、社交界でいろいろ言われているのは知っている。気鬱の病にかかった、役立たずの第二王子。ろくに女性とは付き合わない朴念仁とも言われてもいるだろうし、冗談も通じない堅物だと思われていることだろう。

　ほとんどの者は、第一王子を次の王として認めている。モデストロは次の王位を狙う戦いから降りたとみなしているはずだ。

　それでも第一王子には問題が多すぎるとして、モデストロを担ぎ上げようとする勢力が少なからず存在しているのだと、あらためて知る。

——いくら陛下の前で猫をかぶっていたとしても、兄上の気性は隠しきれない。

むしろ時間が経てば経つほどに、兄の本性を知るものが増えているのかもしれない。

だが、今日、ギューフを連れ歩いたことで、モデストロの評価はどのように変化するのだろうか。

「怖い思いをさせたな。もう大丈夫だ」

　モデストロはシャルエルの手を取り、視線を投げかける。

　シャルエルを連れてきたのは、一緒に美味しいものを食べたかったからだ。シモーネの晩餐会は素材も料理人も一流であり、今の鼻つまみ者のアニエトロ伯を除いては、招待客の質もいい。

いわば、身内の晩餐会だ。

シャルエルと出会ってから、モデストロは自分が変わっていくのを感じている。

冷たく、死体みたいに感じられていた手足の隅々まで血が通い始め、生き返っていくようだった。

蘇生した身体は美味しい食べ物を求めるし、少しずつ社会性も帯びてきている。

ずっと屋敷の中にいるのが、退屈に感じられた。シャルエルと外に出て、あちこちの景色が見たくなる。

だから最近、シャルエルと連れ立って、馬で遠出もするようになった。

海があんなにもキラキラと輝いていることも、木々の緑が目に染みるほど鮮やかだったこともようやく思い出した。

彼女と一緒にいると、道端の花の美しさにすら魅せられる。

海から帰った後、シャルエルと一緒に摘んだ花を寝室に飾った。花を飾ったのは、どれくらいぶりだろうか。そこからかぐわしい匂いがすることすら、ずっと忘れていた。

母と幼いころ花を摘んだことを思い出して、深夜に涙が止まらなくなった。シャルエルはそんなモデストロに気づいたが、何も言わずに抱きしめてくれた。

――俺の、宝物。

そんなシャルエルがたまらなく愛しく思えて、モデストロは彼女の手を取り、その甲に口づけた。

彼女を貴婦人として扱っているのだと、周囲に見せつけてやる。

これで、他の者もシャルエルに無礼なことはできないはずだ。

シャルエルはくすぐったそうな顔をした。自分のこの思いは、どこまで通じているのだろうか。シャルエルにはできるだけのことをしてあげたい。結婚がかなわないのだから、せめてそれに代わるぐらいの何かを。

そのとき、シャルエルはふと何かに気づいたように顔を上げて、くん、と周囲の匂いを嗅いだ。

「いい匂いがするわ」

悪戯っぽく笑った表情がとても愛らしくて、モデストロはさきほど嗅いだ彼女の髪の匂いを思い出す。

モデストロとシャルエルは相性がいいらしく、互いの身体の匂いをとても好ましく感じている。

だが、シャルエルは顔を上げて、くんくんと空気の匂いを何度も嗅いでいる。その目は、とても楽しそうだ。

匂いというのは別の意味だとようやく理解して、モデストロは鼻孔に意識を集中させた。するとと、肉が焼ける美味しい匂いがするのに気づいた。シャルエルのほうが鼻はいいようだ。

モデストロはシャルエルとの距離を詰め、内緒話のようにささやいた。

「いい匂いがするな。当主の話だと、今日は丸々と太った立派なバタールが提供されるそうだ」

「バタールって何？」

「ブルタニアにはいないが、肉が美味な獣だ。その肉めあてに、わざわざ生きたまま船で運ばれ、丸々とするまで狩り場で育てる。それから、狩りをする」

「そこまで手間をかけるの？」

「そうすると、最高に美味しいからな」

「どんな味なのかしら」

シャルエルは味を想像したのか、にっこりと満面の笑みを浮かべた。

このような貴婦人の格好をしても、彼女の本質は何ら変化してはいないらしい。

つられて笑みを浮かべながらも、モデストロは先ほどシャルエルに言い寄っていた伯爵の姿が引っかかっていた。

ギューフの地位は低い。純血種のアンズスでなければ人ではない扱いをされるブルタニアの社交界においては、ペットとしか思っていない貴族がほとんどだ。

——俺も、少し前までギューフのことを軽視していた。

シャルエルと出会わなかったら、この不当に低いギューフの扱いを気にかけることもなかっただろう。だけど今は、シャルエルが人々から侮辱されないように神経を尖らせてしまう。

自分がそばにいれば、シャルエルが公共の場でさげすまれることは防げるはずだ。絶対に、彼女を侮辱させはしない。

そんな気持ちとともに、モデストロはシャルエルを引き寄せた。

——早まったかな。彼女を、……このような場に連れ出すなんて。

それに、自分もこのような社交の場に出てくるなんて、判断を間違えたかもしれないと心のどこかで考えていた。

成人する前から、できるだけ目立たぬようにふるまってきた。舞踏会や晩餐会はもとより、宮廷の公的な行事ですら極力顔を出さずに来たのに、ここに至って顔を見せるなんて。

——シモーネのところなら身内のようなものだから、大丈夫だと考えたのだが。

それに加えて、先ほどシモーネから聞いた話が気になった。

——兄上が、……とんでもない残虐行為をしたと。

殺しの規模が大きすぎる。

——おそらく、……反乱を鎮める必要があってというよりも、兄上の趣味だ。あの男は、人を殺すことを愉しんでいる。

兄が王となり、このブルタニア王国の全権力を握ったら、いったい何をしでかすのだろう。考えただけで、血が凍る。

常に一歩引いて、王位を求めないようにしていた。

宮廷が自分と兄派で二つに割れるのは避けたかった。そうなったら、兄が次の王となったあかつきには、必ずモデストロ派の貴族を粛清するからだ。

自分を評価してくれる親しい人たちを、殺させたくはない。

それでも、このまま何も知らない態度を貫くのもきつくなってきた。

心が揺れる。

兄に正面切って対抗するには、不退転の決意が必要だった。生半可な覚悟では、兄に逆らえない。

幼いころ、心にざっくりと負わされた傷がうずく。兄に逆らうと考えただけで、顔から血の気が引いて、気分が悪くなってくる。

「モデストロさま？」

シャルエルが不思議そうに言ったとき、食堂の支度が調ったと家令が伝えてきた。

それを聞いて、シャルエルは嬉しそうにふわっと笑う。その笑顔に救われた。

「行きましょうよ、モデストロさま」

手を引かれる。その指のほっそりとした感触と、こもった力に、モデストロは逆らうことができない。

「そうだな」

シャルエルに美味しいものを食べさせたい。自分も、美味しいものを食べたい。そのためにやってきたのだ。今だけは兄のことは忘れて、食事に集中すべきだ。

モデストロはシャルエルをエスコートして、食堂へと向かった。


「バタールは、皮が一番美味しい。こんがりと丸焼きにされたバタールの、香ばしく焙（あぶ）られた皮が、一番のご馳走だ。その皮を、脂が滴る熱々のタイミングで口に入れるのが最高だ。格式ばった晩餐会では、そのご馳走が冷めて台無しになってしまうことも多いのだが、今夜のここの当主は、食事の一番美味しいタイミングを熟知している。どんなに期待しても、裏切られることはない」

並んで歩きながら、モデストロがシャルエルに説明してくれた。

脂の滴る美味しい肉を想像しただけで、シャルエルの口の中にたっぷりと唾液が湧く。

そんなシャルエルを横目で楽しそうに眺めながら、モデストロは言葉を重ねてくる。

「その肉に施すのが、極上のスパイスだ。ガリッとかみ砕くと、香ばしさがすうっと頭に抜ける。スパイスの価値は、黄金と同様。その黄金を添えて、脂の滴る肉を食したならば、この世の極楽を味わうことになるぞ」

「……楽しみだわ」

バタールというものを、シャルエルは口にしたことがない。脂の分厚い、何でも食べる大きな獣だそうだ。

モデストロのささやきに、興奮が収まらなくなってくる。

食堂に入ると、途端に圧倒的な肉の匂いが押し寄せてきた。

立ちすくんだシャルエルを、モデストロが慣れた様子で席まで案内してくれる。隣に座ったモデストロが、両手を優雅に組み合わせてそこに顎を添えた。

「この食堂のすぐ横が調理場だ。美味しいものを、タイミングを逃さずに提供できる体制ができている」

広い食堂にすべての招待客が着席する。三十人ほどいるだろうか。

立ち上がって挨拶を始めたのが、ここの当主のシモーネ伯爵だと、モデストロが小声で教えてくれた。モデストロと同じぐらいの年齢で、なかなかのハンサムだ。

招待客は彼の友人が中心のようで、あまり年配者はいない。例外は先ほどシャルエルに淫らな誘いをかけてきたアニエトロ伯爵くらいだった。

招待客は皆、この晩餐会を楽しみにしていたらしく、話が長引くにつれ、食器を楽器のように叩いて当主をせっつき始めた。

その様子に、シャルエルは目を丸くする。

——食事の催促に食器を叩くなんてことしたら、ニンフィナ侯爵夫人はカンカンになって『マナー違反です！』って叫ぶわよ。

だが、生の社交の場はもっと砕けているらしい。

横に座ったモデストロも軽く食器を叩いているのを見て仰天してから、シャルエルも真似して控えめに音を鳴らしておいた。

そんな悪戯めいたしぐさをするのが、とても楽しい。

フロア中からの催促に根負けして、当主が声を張り上げた。

「まぁいい。私の狩りの武勇伝は、ここまで。今宵の美味、とくと味わってくれたまえ！」

その言葉を合図に、大勢の給仕が手に手に銀の大皿を持って、食堂に繰り出してくる。

まずは前菜とスープからどんどん配られた。シャルエルは初めての社交の場であるし、ニンフィナ侯爵夫人に厳しく行儀作法を仕こまれた直後だったから、緊張しながらナイフとフォークを握り、マナー違反がないようにふるまおうとした。

だが、周囲にいる貴族たちはもっと自由だ。

最初のうちこそ、綺麗に音を立てずにスープを飲んでいたものの、骨付きの肉がドンと供されるころになると、手を伸ばして骨をつかみ、豪快に肉にかぶりついていく人々の姿に、シャルエルは目を丸くした。

それはマナー違反ではないと教えられていたものの、実際に彼らがそうするのを見ると安心する。シャルエルも思いっきり肉にかぶりついた。

肉はそうしたほうが、絶対に美味しい。

「っ！」

まずは香ばしく焙られた皮が、口の中でパリッと音を立てた。その直後に、たっぷりとした肉汁が、じわりと口の中に広がる。

噛むたびに、肉の弾力が心地よい。肉汁と脂がたっぷりの、とても美味しい肉だ。時折、がりっとスパイスをかみ砕いて、清涼な感覚が頭に抜けるのもたまらない。

――これが、黄金と同じ値段のスパイスなのね……！

あまりの貴重さに、いちいち動きが止まる。皿にサーブされた肉を食べ終わるまでに、自分一人でどれだけの黄金を口にすることになるのだろうか。

モデストロと目が合ったので、シャルエルは口の中の肉を咀嚼(そしゃく)した後で伝えてみた。

「信じられないほど、美味しいわ」

「そうか」

　モデストロが目を細め、嬉しそうに笑ってくれる。柔らかな表情に、ドキドキした。

「ここにおまえを連れてきたかった。やはり、連れがいると、格別だ」

　――連れ。

　そんなふうに言ってくれたことに、胸がジンと熱くなる。

　シャルエルは彼のつがいにはなれないし、ましてや婚約者にもなれない。

　それでも、連れてきてくれたことがとても嬉しくてたまらない。

　この気持ちを可能なかぎり伝えてみたくて、シャルエルは必死になって言葉を探した。

だけど、なかなか言葉は見つからない。

　モデストロと一緒にいられて、とても嬉しい。彼が自分といることで、微笑んでくれるのを見ていると、それだけで胸がいっぱいになる。

　シャルエルが美味しそうにしていると、モデストロが優しそうな顔で笑ってくれることにも、涙が出るほどの幸せを感じた。

　しばらく考えた後で、シャルエルは言ってみた。

「私、あなたと一緒にいられて、とても幸せよ」

　凡庸な言葉しか見つからなかったが、それを聞いてモデストロがにっこりと微笑んでくれる。

　この幸せがいつまでも続くようにと、シャルエルは祈らずにはいられなかった。

第六章　精霊王の血を継ぐもの

次の発情期が始まった。

一週間ほど、シャルエルはベッドでの相手をする以外は役立たずになる。そんなシャルエルを、モデストロは十分に満足させてくれた。

激しい発情期が落ち着き、終わりごろにはひたすら眠り続ける。

シャルエルはモデストロの部屋にある天蓋つきのベッドの中に巣を作り、そこでまどろんでいた。

巣の材料であるモデストロの服から漂ってくる匂いが、ひどく心地よい。発情期には身体の芯まで熱くさせ、甘く下半身をうずかせる匂いだ。

だが、発情期も落ち着いてきた今ぐらいの時期だと、その同じ匂いがとにかく安堵できるものとなる。鳥の雛が、親鳥の柔らかな羽根で庇護されながら、巣でまどろんでいるかのように。

そのときだった。

ドアが乱暴に開く音と、それをとがめるような人の声が響いた後で、ベッドの天蓋の布がめくりあげられた。居心地のいい巣が、乱暴に崩される。

何が起きたのかわからないでいる間に、シャルエルは足首をつかまれて、白く長い寝巻き一枚だけの姿でベッドから引きずり出された。

「……っ」

床に落下する。無防備に打ちつけた腰や背中の痛みと、寒さに震えながら、おそるおそる身体を丸めて上体を起こした。

そこにいるのはモデストロではないと、本能的にわかる。彼がこんな乱暴をするはずがないからだ。

ぶしつけな声が、頭上から浴びせかけられた。

「これが、モデストロのお気に入りのギューフか」

シャルエルの前に立ちふさがっていたのは、金のかかった豪華な服装の男だった。

長身で、厚みのある身体つき。

おそらくはアンズス族のオスだろう。高い鼻梁に、秀でた額。傲慢なまなざし。

彼の顔立ちが誰かに似ている気がしたが、モデストロを呼び捨てにしたことのほうが引っかかった。

　だが、顔すらまともに見定めることができないでいる間に、その男はシャルエルとの距離を詰め、いきなり髪をつかんで引っ張った。

「っきゃ！」

　痛みよりも、とにかく何をされるのかわからないという恐怖のほうが先に立つ。

　シャルエルは反射的に身体を丸めて、彼の手から逃れようとした。そのとき、ドアが開く音がしたのと同時に、モデストロの声が響いた。

「兄上！　……何を……！」

　ここまで不愉快そうなモデストロの声を、シャルエルは今まで聞いたことがなかった。

　モデストロは床にいたシャルエルをかばうように、その前に身を割りこませて立ちはだかった。

「触らないでください！　これは、俺のギューフだ」

「なんだ？　ギューフの一匹や二匹、この兄にくれてやってもいいだろうが。どうせこいつらは、発情期がくれば誰かれかまわず盛る。近衛の宿舎に一匹二匹入れておけば、軍規の乱れもなくてよいとも聞くぞ」

　その言葉の残酷さに、シャルエルは震えあがった。

　宿舎に入れておけば、というのは、兵たちの性的な相手をさせろ、という意味だろう。

——兄上？　兄上って言ったわ。この人、……もしかして……。

モデストロは第二王子だ。もしかしてこの乱暴な男が、第一王子なのだろうか。

「何の用です？」

シャルエルはモデストロの後ろにかばわれる形になっていたから、彼の姿は足元しか見えない。分厚くて頑丈そうで、金具のたくさんついた革の靴を履いているのが見えた。

兄上といわれた男は、笑って窓際にあったソファにどっかりと座りこんだ。

「まぁ、ギューフに用があったわけではない。陛下の命令で、おまえを捜していた。急に狩猟会が催されることになってな。その知らせだ。出発は明日の早朝。王領の西の狩り場へ行く」

「それは、まさしく急な話ですね。いきなり狩猟会だなんて、何が」

モデストロは話しながら天蓋の布を下げつつ、シャルエルにその中に入るようにしぐさで伝えてきた。布さえ下げてしまえばそこは独立した空間になるから、第一王子の視線をさえぎることができる。一応の安全圏だ。

第一王子によって巣はめちゃくちゃにされていたが、シャルエルは急いで天蓋の内側に逃げこんだ。布が下がる。

それでも、二人のやりとりは気になったので、シャルエルはベッドに座って身を強張(こわば)らせたまま、会話に耳を澄ませた。

「ここだけの話だけどな。陛下は今、落馬して怪我を負っている。その傷を癒やすために、ギューフの心臓が必要だ」

――えっ。

その言葉に、シャルエルは震えあがった。もしかして、さきほど第一王子に髪をつかまれたのは、自分の心臓を奪おうとしていたからだろうか。

だが、とりなすようなモデストロの声も聞こえてきた。

「ですが、ギューフの心臓なら、何でも薬になるわけではないでしょう。万能薬とされるのは、精霊王の血を継ぐ特別なギューフの心臓のみと聞きます」

――精霊王の血を継ぐ、特別なギューフ……？

そんな区別が、ギューフ族の中にあるということをシャルエルは知らなかった。ますます耳をそばだてずにはいられない。

「その特別なギューフが、王領の西の狩り場に棲みついているのを見たという話があったんだ。だから、急遽、それを狩ることになった。狩猟会という形になってはいるが、目的はそいつだ。陛下のために、そのギューフの心臓がいる。――朴念仁のおまえが、いきなりギューフを飼い始めたと聞いて気になっていたのだが、まさか今のそれが、特別なギューフということはないだろうな」

第一王子の鋭い視線が、天蓋越しに自分に向けられたような気がする。

シャルエルは息を詰め、身じろぎもままならないまま、ことのなりゆきを見守るしかなかった。

自分はそのような特別な存在ではないと思うのだが、万が一そうであったら、心臓を取られてしまうのだろうか。

気が気ではなかったが、それを救ったのはモデストロの声だ。

「うちのギューフは、そんな高級なものではありません。庇護を求めて、私の馬車に飛びこんできただけの、野良ギューフです。相性も良いようですし、せっかくだから買い取っただけの話で」

――野良ギューフ。

そんな区別も、聞いたことがない。

さんざんな言われようだが、事実としてはその通りだ。

「かなりの高額だったと聞いているが？」

「たかだか、金貨二枚です。兄上のギューフのほうが、もっと高価だったと聞いておりますが」

「あれは、最高に美しいからな。だが、精霊王の血を継ぐ特別なギューフはなかなかいないから、売買もされない」

「そんな特別なギューフだったら、値段は十倍、何百倍にも跳ね上がるはずです。たかだか金貨二枚で、買い取れるはずもありません」

「それもそうだ。互いに持っているのが、ただのギューフで残念だ。これが特別なギューフだったら、陛下への最高の贈り物となる。次の王の指名に、一歩近づくことができるのだがな」

「ご機嫌取りにつながる贈り物なら、狩りのときに競いましょう。出発は、明朝ですか。兄上には負けませんから」

「言ったな？　だが、特別なギューフの心臓を手に入れるのは私だ。――ともあれ、準備を進めておけ。後ほど、王城から正式な狩猟会の通達が来る」

「わかりました」

「では、また明日」

そんな言葉を残して、第一王子が去っていく硬い靴の音がする。

足音が完全に聞こえなくなるのを待ってから、シャルエルはそっと天蓋の布を開いた。

モデストロは窓から第一王子が馬車で敷地内から出ていくところまで見送っているようだ。いつになく気配が張り詰めている。それだけ、兄との面会はモデストロに緊張を強いるものなのだろうか。

ようやく第一王子が去ったのか、モデストロは振り返ってベッドに近づいてきた。

ベッドに座ったままのシャルエルに寄り添い、愛おしむように頬に触れた。

「驚かせたな。発情期はそろそろ終わったのか？」

その手が飛び上がるほど冷たくて震えあがった。室内はちょうどいい温度だから、やはりこれは心理的なものだ。

シャルエルはその手に頬を擦りつけ、自分の体温を移そうとした。

ベッドから引きずり出された手の乱暴さと、今、自分に触れてくるモデストロの手との違いを思い知る。ギューフである自分をあんなふうに扱うものがいる反面、モデストロのように優しく扱ってくれる人がいるのだ。

「あと少し、発情期は続くわ」

「そうか。もう兄上は来ないだろうから、安心して眠れ」

何度も撫でられているうちに、シャルエルの身体からも次第に緊張が抜けていく。瞬きが増えて、目が閉じがちになる。

まだ発情期の最後の眠気は、消えたわけではなかった。

けれど、気になることがあった。

シャルエルはモデストロにベッドに寝かしつけられながらも、尋ねてみる。

「精霊王の血を継ぐ、特別なギューフって何？　心臓が薬になるって」

本当は、兄との関係も知りたい。モデストロがあそこまで緊張するなんて、普通の兄弟とは思えない。

それを聞けなかったのは、モデストロがなぜかそのことに触れてほしくないような気配を漂わせていたからだ。

「そんな言い伝えがあるんだ。ギューフは発情期になると、うなじに痣が浮かびあがる。その痣に口づけ、歯を立てて唾液を送りこめば、つがいの契約が成立する。ただ、精霊王の血を継ぐ特別なギューフだけは、うなじに精霊王の印が浮かびあがるそうだ」

「それって、どんな形？」

「まずは、おまえのうなじの痣を確認しようか。普通のギューフだと、花の形をしているそうだ。どんな花かは、さまざまなようだが」

ベッドに入ってきたモデストロが、気楽な様子で足を畳み、その上にシャルエルの頭を乗せてうなじにかかる髪を掻きあげた。発情期の間だけ浮かびあがっているらしいが、シャルエルにはもちろん自分のうなじが見えるはずもなく、痣がどんな形なのか知らない。そこは長い髪で隠れるところだし、ベッドの中は暗いから、モデストロも意識して見たことはないのだろう。

だが、いきなりモデストロは動きを止め、しばらく固まった後で何も言わずに部屋を出ていった。

何があったのかと、不安になる。

少ししてモデストロは黄金の短刀を持って戻ってきた。

「どうしたの？」

聞くと、モデストロはさきほどと同じようにベッドに入ってきた。明かりを引き寄せ、短刀の柄を傾けて光を反射させせながら、逞しい腿の上でシャルエルにその模様の一部を指し示した。

「ここにあるのが、精霊王の印だ。これは母の形見であり、代々、王妃に伝わっている短刀だそうだ。母が死んでも返却を求められなかったので、俺が持っていた」

——モデストロのお母さまは、死んだの？

そんなことすら知らなかった。モデストロは自分の家族の話を一切しない。一人きりで、王城から少し離れたこの城館に住んでいる。その理由もシャルエルは知らないままだ。

モデストロが指し示した部分には植物をかたどった装飾があって、その中に五枚の花弁が浮き彫りにされていた。これが、精霊王の印なのだろうか。

「どうして、王妃の短刀に、精霊王の印があるの？」

まずはそのことを不思議に思った。

ブルタニアの王位を継ぐのは、ずっとアンズスの純血種のはずだ。なのに、どうして王妃が引き継ぐ貴重な短刀に、精霊王の印が刻まれているのか。

それと対比するような位置に、もう一つ二匹の黄金の龍をかたどった紋章があった。

「こっちは、アンズス王の紋章よね？」

かつてシャルエルが飛びこんだモデストロの馬車にもあった紋章だ。

確認すると、モデストロはうなずいた。

「精霊王の印が、まるでそれと同等のような位置にあるのって、どうしてなの？」

尋ねてみたが、モデストロもそのことに今、初めて気づいたらしく、固まっている。

「わからない。……この短刀はよく見ていたが、模様の意味まで考えたことはなかった。だが、言われてみれば不思議だな。……もっと不思議なのは、これがおまえのうなじにあることだ」

その言葉に、シャルエルは息を呑んだ。モデストロが短刀を取りに行ったのは、ここに精霊王の印があって、それをシャルエルのうなじのものと比較したかったからとわかる。

「もしかして、私は精霊王の血を継いでいるっていうの？」

「痣があるからには、そういうことではないのか。ギューフ族の王である精霊王は、かつて不思議な力を持っていたらしい。この地にかつて存在した、精霊との間の子とも聞いている」

「え？　ええええ？」

そう言われても、戸惑うしかない。シャルエルのうなじはもう一度露出され、モデストロが持ってきた短刀の装飾とあらためて見比べられた。

「やはりこれは、精霊王の印だ」

「私の心臓は、すごい薬になるってことなの？」

「ギューフの痣は、発情期のときだけ現れるそうだ。最初の発情期が来る直前に逃げだしたから、おまえが精霊王の印を持つとは、奴隷商人にもわからなかったのだろう。お買い得だったとは言えるが」

しみじみと言うモデストロを信じてはいたが、シャルエルはその顔をじっと見つめずにはいられなかった。

「まさか、私を何十倍や何百倍のお金で、売り払おうとは考えていないわよね？」

大切にされている自覚はある。だが、さきほど兄との間で交わされた言葉が不安を掻き立てた。

不自然に、モデストロは視線をそらす。

「どうしようかな。ちょうど欲しい毛皮や、宝石がある。おまえを金貨二百枚で売り払ったら、それが買える」

「ちょっと！」

ぎょっとした。

シャルエルに視線を戻したモデストロは、いつになく真剣な顔を向けてくる。その表情からは感情が抜け落ちていて、いつもの優しさが感じられない。それだけに、ゾッとした。

「陛下におまえの心臓を贈呈して、覚えめでたくなっておいて、いずれは王位を継ぐのも悪くない」

「……っ」

息が詰まるほど、不安が膨れ上がる。

青ざめたシャルエルの顔を見据えたモデストロは、不意に破顔してはしゃいだ様子で抱きしめた。

「冗談だ。大切なおまえを、売り飛ばすなんてことはしない」

その肩の愛しいぬくもりと抱擁に、シャルエルは泣きだしそうになる。モデストロのことは信じている。だけど、彼の愛情以外に頼れるものはない。

鼻の奥がツンとした。

モデストロの肩に顔を擦りつけながら、涙声で念を押す。

「本当ね」

「本当だ」

「売り飛ばさないわね」

「ああ。売り飛ばさない。悪かった、からかって。俺は冗談が下手くそなんだ」

詫びるように何度も肩を撫でられ、抱きしめられ、額にキスも受けて、ようやくシャルエルは身体の力を抜くことができた。

優しくシャルエルの髪を撫でてから、モデストロが聞いてくる。

「だが、自分の生まれや育ちに、何か心当たりはないのか。精霊王の血を継ぐものとしての」

「私はずっと、森の中で、じぃじに育てられたわ。じぃじのことを自分のおじいさんだと思っていたくらいだから、何もわからない」

「まるで思い当たることはない、と？」

「自分がギューフであることすら、知らなかったほどだもの。自分を産んだ人の顔も名前も知らないわ」

爺と引き離されてしまうと、シャルエルと血縁を結びつけるよすがはなくなる。

そんな中で頼れるのはモデストロだけだ。彼は運命の人だと思っているのだが、つがいの契約すら交わしてはもらえない。

それでも、モデストロのことが恋しくてたまらない。つがいの契約については以前にきっぱりと断られているというのに、こうして膝枕をされて髪を撫でられていると全身の力が抜けていく。

またまどろみそうになっていると、自問するようなモデストロの声が聞こえてきた。

「精霊王の血を継ぐギューフは特別な力を持ち、森の中で暮らしていることが多いと聞いた。その者たちは、どんなに厳しい環境の森でも暮らしていけるのだと」

それを聞いて、シャルエルはうなずいた。

シャルエルも幼いころから森に親しんでいた。果物や実が採れる場所も自然とわかっていたし、森が自分に恵みを与えてくれているような一体感があった。それは、シャルエルが特別なギューフだったからだろうか。

「明日、王領の西の狩り場で狩りたてられるギューフにも、特別な力があるはずだ。かつて狩られたギューフは、周囲にたくさんの小鳥や小動物を従え、森の主のようにふるまっていたとか」

「ギューフを、殺すの？」

「俺は殺さない。断れないから狩りには参加するが、ギューフを狩るのは野蛮だ」

そんなふうに言ってもらえて、ホッとした。

見ず知らずのギューフといえども、自分と同じ種族を狩られると思っただけで、総毛立つ。自分の一部が殺されてしまうような気がした。

「そのギューフは森の主みたいだって言ってたけど、私は動物は一切、従えられないわよ？」

「従えられていたら、あんなにも美味しそうに、バタールの肉に食らいついてはいないはずだ」

そう言って、モデストロは愉快そうに笑った。それから、優しい目でシャルエルを見つめて、言葉を継いだ。

「特別なギューフが使える不思議な能力は、それぞれに違うそうだ。おまえは、……そうだな、ハチと戦える能力か何かか？」

からかうような、軽妙な声の響きだ。

だから、シャルエルも心の重荷を今だけは忘れて、軽い調子で返すことができる。

「ハチには刺されたわ。特別な能力なんて、食べ物を探せる以外には思い当たらないの」

モデストロの笑みを見ていると、シャルエルの口元にも屈託のない笑みが浮かぶ。

それでも、どうしても引っかかる。ギューフが人扱いされていないことが。

「念のため、もう一度聞くけど。……私を売り飛ばしたり、心臓を陛下に捧げたりはしないわよね？」

特別なギューフの心臓が、どんな病でも治る薬だと言われたことが気になった。

自分や大切な人の命を救うためなら、ギューフの命などどうでもいいと思う者が大勢いるのだ。

王の傷を癒やすために、森にいるギューフが狩られようとしている。

モデストロはシャルエルを見て、ためらいなくうなずいた。

「約束する。毛皮や宝石など、本当は欲しくない。おまえの命のほうが大切だ」

その言葉が、じんわりと胸に染みこんだ。

泣きそうになる。

自分の命の重みは、金貨二枚。シャルエルにとってはとんでもない高額だが、モデストロや貴族たちにとっては、そんなのは端た金に過ぎないはずだ。

モデストロから、直接的な愛の言葉を伝えてもらったことはない。だけど、その言葉があればモデストロのことを信じられる。

――大切って言ってくれたわ。私の命は、大切だって。

それだけで嬉しい。

モデストロは重ねて言ってくれた。

「精霊王の血を継ぐギューフの心臓が万能薬になるというのは、単なる言い伝えに過ぎない。万能薬だと信じこんでいるものは多いが、実際にはそんな力はないと、信頼できる医師が言っていた。それでも狩猟会が催されるのは、陛下へのご機嫌取りのためだ。もしくは、陛下や側近が、そのように信じこんでいるか、だな」

「だけど、陛下へのご機嫌取りは大切じゃないの?」

初めて見た第一王子の姿を思い出す。野心と粗暴さが感じられる姿だった。

モデストロのことを臣下であるかのように扱っていたし、シャルエルに対しても横柄だった。

横暴な第一王子が次の王になるよりも、モデストロになってほしい。

モデストロは軽く首を横に振った。

「罪のないギューフを狩り、役に立たない心臓を捧げてまで、陛下のご機嫌取りをするつもりはないからな。だけど、気になることがある。兄上はなぜ、この屋敷までわざわざやってきたのか。狩りの知らせなど、他のものが伝えればいい。後ほど、公式な知らせもくる。――俺が飼っているというギューフの噂を聞いて、それが精霊王の血を継ぐ特別なギューフかもしれないと、確かめに来たのか？」

その言葉にハッとした。

第一王子は部屋に入ってくるなり、シャルエルをベッドから引きずり出して、髪を引っ張った。あの乱暴は、もしかしたらうなじにあるギューフの印を確認しようとしたのだろうか。

あのとき、自分のうなじの印を見られていたら、今ごろ、第一王子に心臓をえぐりだされていたかもしれない。

「見られなかったわよね？」

「おそらく。だが今後は、誰にも見られないようにしなくては。俺と兄上とは、次の王の座を競いあう関係にある。だからこそ、俺の動向を探るべく、兄上はこの屋敷に間諜まで送りこんでいる。気鬱の病という噂に真実味を持たせるために、探られるがままにしておいたが、そいつらに気づかれては困る。誰だかはわかっているから、そいつらにだけは、絶対に気づかれないように気をつけろ」

モデストロはそう言って、二人の名を教えてくれた。モデストロの従僕と、シャルエルの侍女だ。

言われてみれば、その侍女はシャルエルの部屋に用もないのに何度もやってきていた。あれは、何かを探ろうとしていたのだろうか。

――髪をとかそうとされたことがあるわ。……断ったけど。

シャルエルは身支度を侍女に手伝われるのが苦手だった。ずっと一人でやってきたから、手伝われる必要はないのだ。それにマン族である侍女のほうも、見下しているギューフに仕える気持ちにはなれないのか、積極的に手伝おうとはしなかった。何より発情期以外は、ギューフの印は浮かびあがっていないはずだ。

発情期に入ると、だるくてほとんど動けなくなる。モデストロとベッドにいることが多かったから、シャルエルの身の回りの世話は楽しげにモデストロが見てくれた。

身分の高いアンズスには珍しく、モデストロは他人の世話をするのが苦ではないようだ。シャルエルの身体を洗ったり、布でぬぐったりしてくれた。

その手つきが、優しく柔らかかったことを思い出す。

彼は思いやりを知っている人だ。

モデストロがここまで甲斐甲斐しくシャルエルの世話をしてくれていなかったら、とっくにシャルエルのうなじの秘密は、侍女たちに知られていただろう。

「……気をつけるわ」

それに、シャルエルが飛びこんだのがモデストロの馬車でなかったら、今ごろは心臓をえぐりだされて、殺されていたかもしれない。

そう思うと、あらためてモデストロと出会えた奇跡が胸に沁みる。

気持ちが高まると、身体までじんわりとうずいてきた。

シャルエルはねだるようにモデストロを見上げた。

「今日は、……出かけてしまうの？」

シャルエルの目に浮かんでいた欲望と、誘いの意図を読み取ったのか、モデストロは柔らかく微笑んで、うなじのあたりに指を差しこんできた。そっとシャルエルを抱きこんで、横に寝そべってくる。

「もう、発情期は終わるのでは？」

「……そう……なん……だけ……ど」

それでも、身体をいぶす欲望は消えない。いつでも、モデストロを見るとこうだ。愛しさを覚えると同時に、身体まで熱くなる。

モデストロとつながりたいのは発情期だからではなく、彼が愛しいからだ。

もっともっと、好きになってもらいたい。本当は彼の、唯一無二の存在になりたい。

――せめて、好きだって言ってもらいたいの。

だけど、それすら口に出せない。

自分は第二王子であるモデストロが、決められた人と結婚するまでのつなぎでしかないからだ。

つがいの契約を結ぶことを断られた衝撃が、胸の奥のほうにぱっくりと生傷を残していた。そのことを思い出すたびに、傷が今でもジンジンとうずく。

恋の言葉をねだることに臆病になるのは、おそらくその後遺症だ。

好きだという言葉を返すことすら拒まれたら、悲しさで自分はどうにかなってしまうだろうから。

――だからいいの。……高望みはしないの。

代わりに、シャルエルからたくさんの愛を届ける。

出会ったころには冷ややかな雰囲気だったモデストロが、最近はよく笑うようになってくれたのが嬉しい。

表情も柔らかくなって、シャルエルに何かと触れてくれる。その手が、自分の肩や髪を撫でてくれるときの感触が好きだ。それだけで幸せで、泣きそうになる。

――好きよ。モデストロさま。……本当に、大好きなの。

彼のためだったら、自分の心臓も捧げる。

だから、いつかモデストロが結婚しなければならない日が来るまで、愛してほしい。

それまでの時間を、一日一日大切にしたい。

第七章　第二王子の決意

王領の西の狩り場は、禁足地とされていた。

管理する役人以外は、たとえ近隣の領民でも中に入ることを許されてはいない。見つかったときには、きつい罰を与えられる。

だから、森の中は木々がうっそうと生い茂り、動物も多く姿を見せた。

この国では、狩猟は王侯貴族のみに許された特権だ。野生の生き物から得られる肉はとても貴重で美味だったし、狩りのときに武勇を見せたり、狩猟にかこつけて兵の運用法を考えたりするのも、貴族にとって大切な仕事とされていた。

モデストロを含む一行は、ロンディウムから一日かけてこの王領の西の森に到着し、そこで一晩野営した。そして、今朝早くから狩猟会が始まったのだ。

派手なお仕着せをつけた大勢の勢子と、猟犬が森に入っている。

彼らによってだんだんと獲物を追いこみ、貴族が待ち受けるポイントに追い出すのが、ここでの狩りのやりかただ。

モデストロは配下の騎士を数人引き連れ、見かけだけは狩猟している形を保っていた。だが今日、追いこんで狩る予定なのは、精霊王の印を持つ特別なギューフだ。本気で狩る気にはなれない。

シャルエルもその特別なギューフだと知ってしまったからには、なおさらだ。そもそもいくら種族がわかれているとはいえ、ギューフを狩りの対象にするなんて野蛮そのものだ。

——誰も疑問に思わないのか？　ギューフを、……何だと思っているんだ。

憤りがふつふつと湧きあがってきて、モデストロを息苦しくさせる。

だが、王の怪我を治癒させるための狩りだから、表だって逆らうことはできない。自分の立場にやりきれなさを覚えながらも、モデストロは狩りの前線に配下の騎士たちを送りこんで、自分だけその列から外れた。

王領の西の森は、獲物が豊富だ。

一人で気ままに馬を走らせ、ちょうどいい動物が目に入ったら、夕食代わりに狩ろうと思っていた。それでどうにか体面は保てる。

だが、森は静かだ。鳥の一羽も見えない。

大勢の人の気配を、動物たちは感じとっているのだろうか。

そう思いながらさらに馬を走らせ、途中で美しい湖を見つけて、そのほとりで馬から下りた。

一息つきながら、透き通った湖面を見回していたときのことだ。

ふと気配を感じて振り返ると、背後にあった森の木々の中から姿を見せたものがいる。

冬場なのに、身につけているのは白いふわりとしたワンピースだけだ。銀色の髪がまっすぐに伸び、ほっそりとした美しい身体の輪郭が際立つ。内側から発光して見えるほど、肌が輝いていた。

――これは……。

モデストロは息を呑んだ。

精霊王の血を継ぐギューフには、神々しいばかりの美しさが備わっていると聞いていたが、それを聞いてもどんな感じなのかわからずにいた。

けれど、これを見たら一目で納得できる。

木陰にいるのに、その全身からキラキラとした細かな銀色の粉がまき散らされているように感じるほどだ。

性別すら定かではない。その背の高さと、やや直線的な頬のラインから、ギューフのオスにも見える。顔立ちがシャルエルを思い出させたが、逆にここまで似ていると、差異のほうが気にかかる。

木に寄り添うように立ち、モデストロにまっすぐに視線を向けたそのギューフの声が、不意に響いた。

『「王の証」を持つ者よ。私に何か用か』

声は耳で聞こえたのではなく、頭の中で直接響いた。その証拠に、ギューフの口元は全く動いていない。

だが、『王の証』を持つ者、と呼びかけられたことに、モデストロは何より驚いた。

自分は『王の証』を持っていない。

精霊王の血を継ぐギューフには、特別な力があると聞いていた。もしかして、これは預言なのか。そう考えると、ぞくりと血が興奮に粟立つ。

ギューフは姿を現した森の木陰から動かずにいた。それでも、その声はしっかりと頭の中に届き、まなざしもモデストロまでまっすぐ届く。

おそらく今日、皆が狩ろうとしているのは、このギューフだ。

大勢の勢子や猟犬が、このギューフを狩るために森の中を走り回っている。だが、標的は、容易くその包囲網を抜け出した。

そう思うと、モデストロは愉快な気持ちになった。

ギューフの問いに答えようにも、頭の中へ直接伝えるやりかたはわからなかったから、普通に声に出して答えてみる。

「心臓を我が王に捧げるために、大勢でそなたを狩りに来たのだ」

言葉を偽ったところで、すべてはお見通しでしかないような気がしていた。だから、ギューフの問いかけに、正直に答えた。

それに、このギューフに危機を知らせておきたい。

『そんなことをしても、王の病は癒えぬ。ギューフの心臓をアンズスに捧げろというのは、別の意味においてのものだ』

——ギューフの心臓をアンズスに捧げろ……？

なんだか聞いたことのある警句の一部のような気がしたが、すぐには思い出せない。

モデストロは、意味がつかめなくて戸惑った。

「それは、……どういう」

ギューフの金色に透き通った目はかなり離れたところにあるというのに、そのまなざしは鋭い。頭の中までのぞきこまれているような感覚がある。

『「王の証」を持つ者よ。古き契約の文書を探せ。そこに、我らの古き歴史が記されている』

「古き契約の文書……？」

伝えられた言葉がピンとこない。

ブルタニアの歴史について、モデストロは人一倍詳しい。気鬱の病を患ったと称して、屋敷にこもりきりだったから、退屈に任せて本をたくさん読んだ。

それと、最近ではギューフのことが気になって、歴史を調べてきたのだ。

マン族侵攻時やその後のギューフの歴史がどこにも記されていないのが気になって、その手のことに詳しそうな貴族を何人も紹介してもらい、彼らの書庫に案内してもらった。

だが、やはりマン族侵攻以降がどうしても見つからない。

何かが、意図的に隠されているような気がした。

まさか、そのことを言っているのだろうか。

ハッとして、モデストロは食い下がった。

「古き歴史なら、調べている。だが、ギューフの歴史が見つからないのはなぜだ」

質問を叩きつけると、ギューフは口の端で微笑んだようだった。

『そなたの住まう屋敷を、……足元を探せ。目指すものは、そこにある』

「足元？」

どういう意味だと問いただそうとしたとき、遠くから猟犬の声が聞こえてきた。

「あっちだ！」

勢子の声も、風に乗って響く。思っていたよりも、かなり近い。勢子たちは時間をかけて、このギューフをここまで追いつめてきたのだろうか。

目の前にいるギューフを無事に逃がさなければならない。この者は、シャルエルの眷属だ。

そう判断するなり、モデストロはすぐそばで休ませていた馬に飛び乗り、勢子たちのいる方へ向けて走り出した。

ギューフから引き離すために、斜めの方向へ駆けていく。

「いたぞ！　ギューフは、こっちだ……！」

深い森で、枝を避けながら馬を疾走させるのは、なかなか爽快だった。勢子を完全に振り切らないように馬の速度を自在に調整しながら、彼らを湖からだんだん引き離していく。

——もう、大丈夫か。

あのギューフとは十分に離れた。

そう思って、そろそろ勢子たちを完全に振り切ろうとしたとき、風を切るような鋭い音がモデストロの耳に届く。

——何だ？

音の正体を探ろうと意識が向いた瞬間、馬がつんのめるように前脚を折った。

疾走の勢いは殺せず、乗っていたモデストロは大きく空中に投げ出された。

——モデストロさま。……今日、お帰りの予定ではなかったかしら。

暮れゆく空を眺めるにつけ、シャルエルの不安は広がっていく。

狩りは二日間。移動のために前後にそれぞれ一日かかるから、出かけてから四日目の夜には戻れるはずだと、出立のときに言われていた。

いくら目を凝らしてみても、窓から見える道の向こうに待ちわびる姿は現れない。

何か予定が変わったのだろうか。

気になって家令に尋ねたが、特段の連絡はないと、冷ややかに応じられるだけだった。

モデストロがいないと、屋敷の中にシャルエルの居場所はない。

マン族にとって、ギューフは格下の存在だという意識があるからだろう。モデストロの留守中は、思いがけないほど使用人の対応は冷ややかなものになっていた。

食事すら運ばれなくなったから、シャルエルが自ら食堂へと出向くほどだった。食事は準備されておらず、誰もいなかったので、芋を見つけて茹でて食べる。バターをつけたら、とても美味しかった。

そんな姿を、下働きの若いマン族のメスが物陰から眺めていた。それに気づいたので、呼び寄せて一緒に食べた。すると、その翌日は、シャルエルのための食事が入ったバスケットが、部屋のドアの前にそっと置かれていた。

パンと薄いスープだけという質素なものだったが、昨日の彼女が食堂の責任者に隠れて準備してくれたのかもしれない。

シャルエルの森での食生活はこれより貧しいこともあったから、とても美味しく食べた。何より、彼女の心遣いが嬉しかった。

だけど、もしかしてこれは、彼女の食事かもしれない。自分に食べ物を分けてくれたために、その子がひもじい思いをするのは避けたいと思った。

だから、次の食事のときにはシャルエル自ら食堂に足を運び、料理長と交渉した。それしかないという使用人用のパンやスープを、強引に出してもらった。

それらも美味しかったので、食堂に居座って褒めたら、足を運ぶたびに出される食事が少しずつ豪華になっていく。今日のお昼には、チキンまでついていた。

——だんだんと、この屋敷でやっていけそうな気がするわね。

料理長はツンツンしてはいたが、褒めると口元を緩めるようになった。美味しい食事を作る人に悪い人はいない、というのがシャルエルの信条だ。

そんなことを、モデストロに話そうとしていたのだ。なのに、その当人が戻ってこないというのは心配すぎた。

——どうしたのかしら。モデストロさま。

真っ暗な空を何度も窓から眺め、屋敷に戻ってくる馬の一団はいないかと待ちわびる。

時間が経つにつれて、ますます不安が膨れ上がっていく。嫌な予感がして、たまらないのだ。

せめてモデストロが連れていった騎士の一人でも戻ってきて、事情を教えてくれないだろうか。

だが、何もないまま夜の遅い時刻になった。

待ちくたびれて、そろそろ寝室に移ろうかと考えていたころ、屋敷の玄関のあたりが騒がしくなる。馬のひづめの音やいななきが聞こえた。数人の人の声もする。

——モデストロさま？　戻られた？

シャルエルは夜着の上にガウンを重ね、慌てて部屋から飛び出した。玄関が見下ろせる階段の上に立ったとき、その思い違いに気づいた。

玄関ドア付近にいたのは、モデストロが連れていった狩りの一行ではなかったからだ。似たような華々しい狩りの服装だったが、色彩が違う。狩猟会のときには一目で所属を識別できるように、色彩に富んだきらびやかな装いをするのだと、モデストロは言っていた。だからこそ、赤を基調にした彼らの服装がモデストロ一行のものではないと、すぐにわかる。

それでも、モデストロが戻ってこない事情がわかるかもしれないと、シャルエルは階段を駆け下りた。

玄関まで下りたとき、彼らを率いていた者の顔がハッキリと見えた。途端にシャルエルは固まった。心臓が跳ねる。

――どうして、第一王子がここに……？

グラツィオも、モデストロと同じ狩猟会に出かけていたはずだ。

ずかずかと入ってきたグラツィオは、シャルエルを見据えて薄く笑った。

顔立ちこそモデストロに似てはいるが、顔に出る特徴が違う。グラツィオは、まずはその尊大なところが鼻につく。

グラツィオはシャルエルにまっすぐ近づき、シャルエルが一歩引くほど距離を詰めて、顔をのぞきこんできた。

「モデストロは落馬した。しばらく、あちらで静養してくるそうだ」

その言葉に、シャルエルは全身の血が凍りついたような心地を味わった。落馬は大きな怪我を負ったり、命を落としたりすることもある危険な事故だ。

「お怪我は？　大丈夫なのでしょうか」

焦って聞くと、彼は軽く肩をすくめた。

「大したことはない。向こうに医師を残してきた。多少の打ち身はあるが、骨が折れたりはしていないようだ。数日、静養してから、こちらに戻る」

「よかった……です」

シャルエルは心からホッとした。

グラツィオは、わざわざそのことを知らせに来てくれたのだろうか。だが、彼の用事はそれで済んだわけではないらしく、シャルエルをじっと見据え、距離を無造作に詰めてくる。

そして、脅すように声を低めた。

「王領の西の狩り場でな。私の側近が精霊王の血を継ぐ特別なギューフを目にしたそうだ。その者が言うには、そのギューフはおまえに非常によく似ていたそうだ。そう聞いたら、あらためて確認せずにはいられなくなった」

「……っ」

まだあきらめていなかったのかと、シャルエルはゾッとした。助けを求めて周囲を見回したが、腕の立つ者はモデストロが狩りに連れていってしまった。この屋敷に残っているのは、家事のための使用人ばかりだ。

しかも、何事かと顔を見せた彼らは、かたっぱしからグラツィオの連れてきた騎士たちに追い払われている。玄関先に残っているのは、家令ぐらいだ。

「今回の狩猟会で、ギューフは狩れなかった。だが、陛下のお命を救うためには、どうしても特別なギューフの心臓が必要となる」

「私は、……そのようなものではありません」

顔から血の気が引いていく中で、シャルエルは言った。

なぜグラツィオがそんなにも精霊王の血を継ぐギューフに固執しているのか、理解できない。顔が似ている以外に、シャルエルがそうだと確信できるような理由でもあるのだろうか。

グラツィオからできるだけ距離を保ちたかったが、かなわないまま壁際まで追いつめられる。退路をふさがれて、シャルエルはすくみあがった。

「だったら、確かめようか。うなじを見せろ」

シャルエルの肩を、無造作にグラツィオがつかんだ。アンズス族であるグラツィオは背が高く、体格もがっちりとしていて力が強い。痛いぐらいに手に力をこめられて、悲鳴を押し殺すだけで精一杯だった。

グラツィオはすべてに容赦がない。モデストロも同じぐらい力があるはずだが、こんなふうに扱われたことはなかった。

「発情期ではないですから、……痣は何も」

必死になって言ってみる。

うなじは自分では見えないが、痣は発情期のときだけ現れると聞いていた。すでに、発情期は終わっている。

だがグラツィオは強引にシャルエルの髪をつかみ、足を払って床にひざまずかせた。

あまりの乱暴さに、シャルエルはショックを受ける。打った膝も痛いし、髪を引っ張られる痛みはそれ以上だ。じわりと、涙が浮かんだ。

「明かりを！」

部下に命じる声がする。万力のような力で押さえこまれて、身動き一つできなくなったシャルエルのうなじに、持ち運び用のランプの光が近づけられる。

振り払いたいのに、そうはできない。

どうしてグラツィオがここまで強い態度に出るのか不思議だった。森にいたギューフとシャルエルの顔が似ていたとしても、モデストロの留守中にすることではない。

見られてはいけないから必死になってあらがおうとしたが、グラツィオの力は抵抗などまるで意味がないぐらいに強かった。

「消えかけてはいるが、うっすらと見えるな。まぎれもない、精霊王の印だ」

興奮を隠しきれないグラツィオの声に、絶望した。まさかとは思ったが、発情期が終わってもすぐにその痣は消えないらしい。うっすらと残っているようだ。

シャルエルの鼓動は大きく乱れる。

このまま心臓をえぐりだされるのだろうか。助けを求めようにも、ここにモデストロはいない。屋敷の人は、誰もシャルエルを助けてはくれない。

シャルエルをひざまずかせて髪を強くつかんだまま、グラツィオは言った。

「おまえの心臓が欲しい。モデストロには、陛下は怪我を負ったとしか言ってないが、実は明日をも知れぬお命だ。陛下を救うためには、おまえの心臓がいる。陛下をお助けできることを、光栄に思え」

「そんな」

シャルエルは唇を噛んだ。この国の民としては、王の役に立てることを喜ばしく思わなければならないのかもしれないが、顔も知らない相手だ。

モデストロがそうしろと命じたのならともかく、このいけすかない男に命令され、命を奪われるなんて理不尽な話はない。

――それに、モデストロさまは精霊王の印のある私を、かくまおうとしてくださったわ。

グラツィオがシャルエルから離れた。だが、立ち上がろうにも、代わりに彼の配下がシャルエルの左右をがっちりと固めてきた。

「連れていけ。このギューフは陛下に捧げる。そのように、モデストロには伝えろ」

「いえ、ですが」

家令がハッとしたように食い下がる。助けてくれそうにはないが、それでもシャルエルをさらわれたら、モデストロに向ける顔がないぐらいには思っているのかもしれない。

だが、そんな家令をグラツィオはせせら笑った。

「陛下が怪我をされているのに、モデストロは薬となるギューフを屋敷に隠し持っていた。そのことが公になったら、あいつの立場はないぞ」

その言葉には、シャルエルも息を呑まずにはいられなかった。

王とは国を統べるもの。たとえ息子であっても、王には絶対的な忠誠を誓わなければならないのだと、ニンフィナ侯爵夫人に教えてもらった。

さらに、グラッツィオは声を張り上げる。

「陛下は怪我をされたとき、国中に触れを出した。精霊王の血を継ぐ特別なギューフを持っているものは、すぐに差し出すように、と。その触れに反して、特別なギューフを隠し持っていたとなれば、反逆の意思ありとされるかもしれん」

さすがにそれには、シャルエルも口を挟まずにはいられない。

「ですが。……モデストロさまがこの印を知ったのは、つい最近です。あなたがこの間、ここに現れた後のこと」

懸命に訴えた。

モデストロが自分をかばったために、罪を着せられるようなことがあってはならない。

そんなシャルエルを見て、グラッツィオは含み笑いをした。

「ならば、まだ間に合う。陛下には、私が上手に取り繕っておこう。モデストロが陛下のために特別なギューフを見つけ、陛下に捧げるのだとな」

こんなふうに言われたら、同行を断るのが難しくなる。

「それに、ギューフが喜んでその相手のために心臓を捧げたほうが、薬としての効果は高いそうだ。だから、……そうだな。おまえに一つ、約束してやろう。ギューフの『約束の地』を、おまえたちに返してやる、と」

どこかなぶるようなまなざしと、猫撫で声が引っかかる。

「……『約束の地』？」

だが、つぶやいた瞬間、シャルエルの頭の中にぶわっと浮かびあがる光景があった。

幼いころから、何度となく夢に見てきた緑の地。天まで届くほどの巨大な樹に、どこか懐かしく、自分を迎え入れてくれる深い森。

この光景が何なのか、わからないでいた。

だけど『約束の地』といわれた瞬間、頭の中でその光景が広がっていったのだ。

それに魅せられた中で、グラツィオの声が遠く届く。

「かつてギューフ族は、今は我がブルタニアの一部となった深い森の中で、自由気ままに暮らしていたそうだ。ギューフ族の住む土地はマン族の侵攻のときにアンズス族の王が征服し、ブルタニアの一部として統一したと聞いている。ギューフたちがかつて住んでいた地は彼らの間で『約束の地』と呼ばれ、そこに戻ることを希求しているものも、いまだに多いとか」

——頭の中にあるのは、かつてギューフたちが住んでいた地なの？

そこはシャルエルが暮らしていたウェールルズの森よりも、ずっと豊かだと感じられる土地だった。森は広く深く、多くの果物が実る。何より中央にある樹に、とんでもない存在感があった。あれは世界の始まりから、この地に根差している樹ではないだろうか。

「『約束の地』というのは、本当にあるのですか」

だんだんとその光景が瞼の裏から消えていくのを名残惜しく思いながらも、シャルエルは尋ねた。

その地が存在しているのだとしたら、行ってみたい。どうしようもなく強い力で、その森に惹かれている。渇望が湧きあがった。

発情期があるからとさげすまれているギューフたちも、そこでなら幸せに暮らせるのではないだろうか。

「そこには綺麗な水が湧き、果物や地中の作物などがよく採れたそうだ。さらに、黄金まで産出した。そのために、ギューフたちはそこを追われた」

「……え」

「だが、今や黄金も採りつくされた。もはやブルタニアにとっては無用の地だ。だから、おまえが喜んで陛下のために命を投げ出すというのなら、その地をギューフたちに返してやろう。私が王となったあかつきには」

シャルエルは兵たちに左右の腕をつかまれたまま、グラツィオを見た。

——この人が、王になる?

それは嫌だ。モデストロになってもらいたい。

それに、彼に同行したら、心臓をえぐりだされて殺される。そう考えて硬直したシャルエルに、グラツィオは言った。

「おまえが死ぬか、モデストロが反逆罪で殺されるかのどちらかだ」

そんなことを言われたら、シャルエルが行くしかない。だったら、腹をくくることにした。

「『約束の地』は、絶対に返してくれるのですね」

念を押すと、グラツィオはうなずいた。

「ああ。正式な契約書を交わしてやろう。だがその代わり、幸福な死とともに、陛下を救え」

残酷な言葉だが、今はそれしか方法はない。助けてくれる人もいない。

——モデストロさまを、死なせたくない。

彼は自分の命よりも、大切な存在だ。自分にずっと優しくしてくれたモデストロが罪に問われることは、自分を傷つけられることよりもつらい。

——私は、モデストロさまを守りたいの。

兄の話をしたとき、モデストロの指先が氷のように冷たくなっていた。

そのことを思い出すだけで、狂おしいほどの愛おしさに胸が痺れた。

彼のことを温めたい。いつでも包みこんで、恐怖など感じないようにしてあげたい。シャルエルにはほんのわずかな力しかないけれど、それでもこの命のすべてで、モデストロの苦痛を取り去りたかった。

——元凶はこいつよ、グラッィオ……！

どうにかして、彼に対抗するすべはないだろうか。

しかし何も見つけられないまま、シャルエルはうなずくしかなかった。

身体が馬上から投げ出されて宙を舞ったとき、モデストロの全身の血は凍りついた。

周囲の光景が、一瞬止まって見えた。

その直後に、背中に強い衝撃がきた。かなりの勢いで地面に叩きつけられたものの、反射的に身体を丸めたから、おそらく最小限の打撃で済んだのだろう。

それでも、打ちつけた背の痛みのあまり、しばらく動けなかった。

尋常ではない様子でいななく馬に気づいて、勢子たちがモデストロを助け起こしてくれたのは、かなり後のことだ。

——まだ背中のあちこちが痛むが。……これくらいで済んでよかったと、思うしかない。

完全に自分の手足のようになっていた愛馬が、いきなりモデストロを振り落としたなんて、どうにも信じられない。その馬は足を折って動けなくなり、やむなく狩り場の近くで処分することとなった。

愛馬を失った悲しみも、モデストロの胸をちくちくと刺している。ずっと引っかかっているのが、愛馬が不審な動きをする寸前に、風を切る音を聞いたことだ。

——その原因は、わかった。

理由を突き止めたら、余計に気が急く。ハッキリとさせたいことが多くなる。

医師からはあと数日、静養するように言われていたが、どうにか鞍に乗れるようになった途端、モデストロはロンディウムに向けて出立していた。

——遅くなった。……今は何より、シャルエルに会いたい。

四日ぐらいのつもりで屋敷を出たときから、すでに一週間が経過している。

モデストロは狩りに連れてきた騎士たちと、ひたすら馬を走らせた。

シャルエルとしばらく会えなくても、特に問題はないと思っていた。だが、実際に別れてみると、自分でも驚くぐらいに頭の中が彼女のことでいっぱいになる。

何をするにもシャルエルのことを思い出した。食事のときも、ここに彼女がいたら何と言うのだろうと思いながら、肉にかぶりついた。

まずはその柔らかな身体を抱きしめ、かぐわしい匂いを胸いっぱいに吸いこみたい。彼女が自分を見て嬉しそうに微笑むのを眺めてから、思いっきりキスもしたい。

そんなことしか、考えられなくなっている。

留守中に、シャルエルのために仕立てた新しいドレスも仕上がっているはずだ。あれを身に着けた彼女と、また気の置けない友人宅での晩餐会に出てみようと思っていた。

だが、まずは湯あみだ。それからシャルエルをベッドに連れこんで、好きなだけ肌をむさぼりたい。

シャルエルの発情期は終わったはずだが、アンズスであるモデストロの欲望は会えない分だけ高まっている。シャルエルもそれを理解して、応じてくれるだろう。

彼女のことを考えているだけで、胸がじんわりと痺れた。

まぎれもなくシャルエルに恋している。

誰かを、こんなふうに欲するときがくるとは、考えたこともなかった。

ただシャルエルと一緒にいられれば、それでいい。他には何も要らないような気がするほど、満ち足りるからだ。

――だが、俺にはこの国を統べる王の一族として、純血種の子を成す必要がある。

引っかかっているのは、それだった。

その立場に応じた責任があるのに、シャルエルのことで頭がいっぱいになっている。第二王子という立場でなかったら、とっくにシャルエルとつがいの契約を交わしていただろう。

——つがいの契約を交わしたら、互いに唯一無二の存在になるそうだ。一生、死ぬまで相手のことを愛し、その相手につくす。

それは甘やかな感傷をモデストロにもたらした。

シャルエルは自分のものだし、モデストロも彼女のものだ。

どうしてそれができないのか、歯がゆく思えてくる。シャルエルだって、その選択を歓迎してくれるはずだ。

そして、シャルエルのことを思うたびにどうしても気になるのが、この社会におけるギューフの地位の低さだった。

モデストロ本人も、シャルエルと知り合うまでは、ギューフを性奴隷としてしか見ていなかった。だが、シャルエルと接するにつれて、アンズスとは何ら能力的に変わりがないのだとわかってくる。

体格は確かに違う。だが、それは個人差だ。ギューフの知能が低いと見下しているものも多いが、それは単に教育を受けていないからではないだろうか。

その証拠に、養い親から教育を与えられたシャルエルは、普通に読み書きもできるし、計算もできる。話していても、知能が低いと感じたことはない。

——発情期となれば、確かに性行為以外には、役に立たなくなるが。

それは、種族による特性だと思えばいい。

シャルエルを愛しく思うにつれ、彼女のことを、そしてギューフを軽んじる社会が気になってくる。どうしてこのブルタニアには、ギューフに対する差別があるのだろうか。自分を含めた宮廷の人々が、兄が連れ歩くギューフをどのような目で見ていたのかを思い出すと、胸が悪くなった。

——性の対象として、値踏みする目だ。

シャルエルを連れて晩餐会に出ただけで、そんなふうに扱われ、誘われていた。

そう思うと、シャルエルをそのような男たちの前に連れ出すことすら我慢できなく思えてくる。ギューフの地位を上げるためには、抜本的な改革が必要なのかもしれない。

森で見た、純血種らしきギューフの姿が、脳裏によみがえる。

神々しくすらあったギューフを見れば、アンズス族もマン族もギューフ族を見直すはずだ。そのギューフから伝えられた言葉が、脳裏に刻まれていた。

『「王の証」を持つ者よ。古き契約の文書を探せ。そこに、我らの古き歴史が記されている』

——ギューフの古き歴史とは何だ？

知りたい。あのように告げられたからには、知らなければならないはずだ。

モデストロが住んでいるのは、かつての宰相の城館だ。

マン族を追い払い、華々しい武勲を挙げたペンドラゴン武勇王。そこから数えて、十四代目のエリオドア王時代の宰相によって作られた城館だった。宰相の死後、城館は王家に寄贈された。それからは王族が幼少期を過ごしたり、王弟や近しい親族が住んだりする屋敷として使われてきた。

やたらと広いから、モデストロは屋敷のすべての部屋を使ってはいない。特に舞踏会や社交に使われる部屋は、ずっと閉鎖してきた。地下にもほとんど踏みこんだことはなかったが、そこに何があるというのだろう。

——足元、といえば、地下室だろうか……。

まずはそこから探そうと思っていたのに、ロンディウムに入った途端、モデストロの頭の中はシャルエルが占拠するようになる。

気が急く思いに駆られながら屋敷の敷地内までたどりつき、モデストロは玄関先で馬から下りた。

馬が違うので不思議そうな顔をする馬丁への説明も省略して、足早に玄関に向かう。そこには主人が帰宅した気配を察して、使用人たちが集まってきていた。ずらりと並ぶ使用人の中にモデストロはシャルエルを探した。

だが、その姿は見つからない。

何か部屋で用事があって、自分を出迎えるのが遅れているのかと思った。シャルエルが出てくるのを待てず、モデストロは旅装も解かずにシャルエルの居室へと向かう。

以前からモデストロが居室として使っていたところだが、日当たりが良く、寝そべるのにちょうどいい大きなソファがある。そのソファをシャルエルも気に入ったようだったから、彼女のプライベートな部屋として与えていた。

ニンフィナ侯爵夫人のマナーの授業も、その部屋で受けていたはずだ。

しかしその部屋に踏みこんでも、シャルエルの姿はない。部屋は綺麗に掃除され、暖炉には火の気配がない。数日間、誰もいなかったような寒々とした空気が感じとれた。

モデストロは振り返り、自分についてきた家令に尋ねた。

「シャルエルは？」

家令は強張った顔で、言ってきた。

「御留守中に、……グラツィオ第一王子がいらっしゃいました」

ざわっと、鳥肌が立った。

ひどく嫌な予感がしてならない。

「——で？」

「ここにいたギューフのうなじの痣を確認され、精霊王の印だとおっしゃって、連れ去られました」

「おまえは、……っ、ただ黙ってそれを見ていたのか？」

モデストロはつめ寄って家令の襟元をつかむ。この屋敷で、ギューフであるシャルエルが、マン族である使用人たちに冷ややかに接されていたのは薄々勘づいていた。それでも、シャルエルはモデストロにとって大切な存在だ。主人の大切なものは、使用人たちも次第に大切に扱うようになるはずだ。そんなふうに思っていた。シャルエルも平然としていたから、いずれどうにかなると考えていたのだ。

——なのに、連れ去られた、だと……?

首を絞めすぎて家令が声を発せないのを見て、モデストロは手の力を緩めた。ここまで激高することは滅多にない。だが、それくらい頭に血が上っていたし、シャルエルのことになると自制が効かなかった。

「第一王子は、おっしゃいました。……精霊王の……印を持つギューフの心臓を求める陛下のお触れを、ご主人さまが知らぬはずがない。なのに、このギューフを屋敷に隠していた。それを反逆罪として陛下に伝えられたくなかったら、おとなしくこのギューフを手渡せ、と」

突きつけられた言葉に、モデストロは頭がガンガンしてくるのを感じた。

シャルエルをさらったのはグラツィオだ。あのろくでもない男にさらわれたら、本気でその心臓をえぐり取られ、王に献上される可能性がある。いや、確実にそうされるだろう。

あの抜け目のない、高圧的で乱暴なグラツィオが来たのだとしたら、自分の留守中にシャルエルを引き渡した家令たちを責めることはできない。

自分でも逆らえないぐらいなのだ。彼らが、グラツィオに逆らえるはずがない。

「……わかった。下がれ」

家令から手を離し、冷ややかに言い放つと、モデストロは一人でシャルエルの居室に残る。

ソファに座り、両手で頭を抱えた。

「シャルエル……」

低く、うめきが漏れた。

彼女の不在が身に染みる。

ここに戻ってくれば、会えるとばかり思っていた。

腕の中にシャルエルを抱きしめ、その髪の匂いを思う存分吸いこめるはずだった。その体温としっとりとした肌の感触を味わいながら、キスがしたい。それから、たわいもない話をしつつ、食事がしたい。シャルエルのために狩りの獲物も持ち帰ってきたのだ。

だが、それらが奪われてしまうと、自分が享受してきたさりげない幸福のかけがえのなさを実感する。

彼女の笑い声や、柔らかな声の響きが好きだった。

抱きしめたときの、たわむような身体の感触。モデストロさま、と話しかけてくるときの、声の弾んだ感じ。しがみついてくるときの、指先にこめられた力。

――愛しい。

愛しくてならない。それが今ここにないのが、信じられない。

だが、シャルエルはここにいないのだ。

あのろくでなしのグラツィオの元で、どんな扱いをされているのかと思うと、それだけで狂おしいほどの怒りが湧きあがった。

今までモデストロは、グラツィオと表だって対立しようとはしなかった。幼いころに植えつけられた恐怖があった。それゆえに争いごとを好まず、すべてをグラツィオに譲ってやるつもりでいた。

だが、ここにいたってモデストロは決意する。

――兄上に王位は渡さない。

グラツィオがモデストロの大切なものを奪うというのなら、本気で取り戻す。今まで踏みにじられても耐えてきたが、シャルエルまで踏みにじるのは、絶対に許さない。

あの男との、決別も辞さない。

幼いころからひたすら抑えこんできた気持ちが、一気に堰を破って爆発しそうになっていた。

本来ならば、モデストロのほうがグラツィオよりもずっと能力がある。そのことを、家庭教師は認めていた。

外国と交渉するための語学力や、修辞学、弁証法。音楽や数学、幾何学や天文学に至るまで、モデストロはグラツィオよりもずっと優れていた。

だが、父である王が子たちの勉強の様子を見にくるたびに兄よりも劣っているようにふるまったのは、グラツィオがひたすら怖かったからだ。

『おまえなど、いつでも殺すことができる』

ことあるごとに、グラツィオは笑いながら脅してきた。事実、後ろ盾のないモデストロなど、グラツィオは王の留守中に簡単に片づけることができただろう。死体はアムレカ河に流せばいい。

だけど、モデストロはもう大人だ。兄の支配に、いつまでも甘んじている必要はない。自分には兄に対抗する能力があるし、後ろ盾となる友人もいる。彼らが、自分を応援してくれる。

——自分に勇気がないせいで、二度と大切なものを失ってはならない。

そのことを、強く感じた。

モデストロに勇気を与えてくれたのは、シャルエルだ。

彼女を守るためだったら、何でもする。もはやグラツィオに対する恐怖など感じない。あるのは、純粋な怒りだけだ。

かつてなく強い力が自分の中に存在しているのを、モデストロは感じていた。

モデストロが配下に命じたのは、王の容態や様子を探りつつ、シャルエルの行方を捜すことだった。

あらためてこの国の民間伝承を確認したところ、精霊王の印を受け継ぐギューフの心臓を万能薬として扱うためには、その心臓からあふれる新鮮な血が必要だとされているようだ。おそらくシャルエルは薬として使われるギリギリまで、殺されることはないはずだ。

だが、王の容態次第ではすぐに薬として用立てられるかもしれない。そう思うと、ギューフの歴史を調べるどころではなかった。

シャルエルの行方を血眼になって探ったところ、宮殿にあるグラツィオの居室にはいないことがまず確認された。

だから、彼が所有している建物や関連のある建物すべてに間諜を放った。さらには、グラツィオの親族関係まで探らせることにする。

しかし、なかなかシャルエルの行方はつかめない。

万が一の可能性を考えて、間諜が戻るまでの間に、モデストロ本人はシャルエルを育てたという養い親のところまで出かけることにした。

さすがに可能性は低いと思うが、シャルエルがグラッツィオの下から逃れることができたときには、そこに行くことも考えられるからだ。

——俺と出会った当初も、奴隷商人の下から、逃げだしたところだった。

そのときのことを思い出すと、モデストロはひどく懐かしい気持ちになる。あれから半年も経っていないとは考えられない。シャルエルと出会ってからは世界が輝いて、一つ一つの出来事が克明に思い出されるのに、それ以前はぼんやりとした灰色の景色でしかないからだ。

間諜が戻るまでじっとしていられなかったし、養い親がどこの誰なのかもずっと気にかかっていた。この際だから一度会っておきたい。

シャルエルが育ったという森は、ロンディウムからかなりの距離があった。だが、以前、近隣の村の名をシャルエルから聞きだしているから、間違えることはないはずだ。

シャルエルはそこからロンディウムに来るまで、荷馬車で三日かかったそうだが、供を最低限の一人に絞り、馬を乗り継いで速駆けさせたら、一日で到着するはずだ。そう踏んだ通り、その日の夜には、森から一番近い町の宿屋までたどりつくことができた。

翌日にはシャルエルの養い親を知っているという村人を探り当てて、朝早くから小屋に案内させた。

そこは、村からかなり離れた、森の中の掘立小屋だった。

大きな木の横に建てられた、獣の棲むような住み処に見えた。だが、中に入ると思っていたよりも広く、ふんわりと暖かな空気がモデストロの身体を包みこむ。

シャルエルがいないかと期待して室内を見回したが、残念ながらその姿はない。一気に全身の力が抜けたが、出迎えてくれた老人に、モデストロは礼をつくしてシャルエルについて説明する。

年老いた老人はモデストロのために暖炉の火を絶やさないようにしながら、煮こんでいたシチューを朝食代わりにふるまってくれた。

中には、芋と豆が入っている。

「シャルエルは、……そうですか、逃げだして、あなたのもとに」

皺だらけの顔だ。抑制の利いたしゃべり方が老人の思慮深さを際立たせる。シャルエルから養い親のことを聞いたモデストロは、宮廷に古くからいた役人と話をして、かつて宮廷で働いていた学者ではないかというところまで突き止めていた。この老人が、エグモートという名前だったら、正解だ。

「シャルエルがろくでもない男にさらわれたので、念のためその行方をここまで捜しに来ました。ですが、ここには戻ってはいないようだ。どこか、他の場所に心当たりはありませんか」

だが、老人にもここ以外の場所に心当たりはないそうだ。

モデストロが第二王子だと名乗り、シャルエルに精霊王の印があったことを告げると、老人は目を見開いた。それから、納得したように大きく何度もうなずいた。

「そうですか。シャルエルに精霊王の印が。だとしたら、あなたのもとに導かれたのかもしれません」

「導かれた？」

それにはなんだか深い意味がこめられているように思えて、モデストロはすぐにでも戻ってシャルエルを捜したい気持ちを抑えつけ、老人の話を聞くことにした。

老人は皺だらけの手を組み合わせ、思慮深い目をモデストロに向けた。

「私は以前、宮廷で、このブルタニアの歴史を書きとめる役をしておりました。ですが、建国神話に興味があり、お役目の合間に古い文献を調べているうちに、一定期間の歴史書が存在しないことに気づいたのです」

「それは、もしかしてマン族侵略戦争のときの……」

「その通りです。よくご存じで」

まさにモデストロにも、その障害が立ちふさがっていた。ペンドラゴン武勇王以降の詳しい歴史書が、口伝以外ではまともに見つからないのだ。

そのヒントになりそうな話を、王の西の狩り場で出会ったギューフに教えられている。

だが、住まいの地下を確認することができないまま、シャルエルを捜してここまで来てしまった。

「どうしてその歴史書がないのか、理由はご存じですか」

「長い話になりますが、聞いていただけますか」

ちらりと、シャルエルのことが頭をかすめた。だが、これを聞いておくことが、シャルエルを見つける手がかりになりそうな気もして、モデストロはうなずいた。

「では。かつてギューフ族とアンズス族は、このブルタニア島の、別々の土地に住んでおりました。互いに人口は少なく、生殖能力もそう高くはありませんでした」

国のなりたちについて、王子たちは幼いころに教えこまれる。そのことについては、承知している。

うなずくと、老人は続けた。

「おおよそ、五百年ほど前のことです。多産のマン族がエウロパ大陸で増えすぎて、海の向こうから船に乗って押し寄せてきました。この地に以前から住んでいたアンズス族やギューフ族と、土地をめぐって戦争になりました」

「それは知っています。その戦争にアンズス族が勝利して、この国の支配者となった」

「はい。ですが、その戦争のとき、アンズス族に手を貸したのが、他ならぬギューフ族です。ギューフ族には精霊王の血を継ぐ特別なギューフの血統が存在し、彼らが一族を率いていました。ギューフ族は誇り高く、神秘的な力を持ち、森とともに暮らす種族でした」

そんなことをいきなり言われたところで、性奴隷としてのギューフしか知らなかったころなら一笑に付していただろう。

だが、モデストロは森で神秘的なギューフと顔を合わせていた。

その銀色の光をまとっているような美しさや、頭の中で響いた不思議な声を思えば、さもありなんと思えてくる。

「ギューフ族は精霊王の血を継ぐ特別なギューフでなくとも、神秘的な力を持っているのですか」

「ギューフであれば、多少は。ですが、それを有効なものとして使いこなすことができるのは、やはり精霊王の血統に限られるようです。アンズス族は武勇に優れておりましたが、武力としては何の役にも立たないギューフ族の力を借りたのは、その優れた予知能力に頼るためです。そして、当時のアンズス王、歴史に名を遺したペンドラゴン武勇王は、その協力の過程において、精霊王の娘に恋をしました」

「……っ」

ぞくっと、モデストロの背筋に痺れが広がる。

精霊王の娘に恋をするペンドラゴン武勇王。

ペンドラゴン武勇王は、今でもその戦略眼や政治力が口伝で伝えられる偉大な王だ。マン族の侵攻を防いだだけではなく、近隣の大勢力であるアンズスの貴族も倒して、ブルタニアを統一している。

その王がギューフの娘と恋をしたという話が、自分とシャルエルの境遇に重なった。

森で出会った神秘的なギューフに、アンズスとギューフの古き歴史を探れと言われていた。それは、この老人が語ることと重なるのだろうか。

モデストロは聞いてみた。

「その話が、……真実だという証拠でもあるのですか。私が教わった我が国の歴史においては、ギューフのことは完全に省かれているのですが」

「十五代目のジルベルト王のときに、アンズス族とギューフ族がともに歩んできたというかつての歴史が消されました。歴史書は燃やされ、歴史に関連した学者は殺されました。それでも、正しい歴史を後世に伝えるために、隠されていた歴史書がございます。私が読んだ記録は、王城の地下深くの、封印された部屋にございました。当時の歴史官が、懸命に隠したものかと。残念ながらここには持ってこられませんでしたが、他にも残されているものはございましょう」

「探してみましょう」

モデストロはうなずいた。

元宰相の居城である自分の住まいの足元にも、おそらく古き歴史書があるはずだ。ずっと自分はその存在に気づいていなかった。

「戻ったら、それを確認します。続けてください」

「はい。――ペンドラゴン武勇王が恋した精霊王の娘は、予知能力や遠見の術に優れておりました。戦争には格好の能力です。王はその娘の力を借り、マン族の本陣の場所を割り出し、夜襲や奇襲も完璧に見抜きました。……圧倒的に有利な状況で、ペンドラゴン武勇王はマン族との戦いを進めることができたのです」

「アンズスには武力があり、ギューーフには特殊な力があった。そういうことですか？」

「ええ。どちらか片方の種族だけでは、海の向こうから押し寄せるマン族の大軍に打ち勝つことは不可能だったことでしょう。多くの血が流された後で、ペンドラゴン武勇王率いるアンズスとギューーフの連合軍は、マン族との戦いに勝利しました」

「ですが、それからのギューーフは？　今のギューーフは、その戦での功績などなかったことにされていますが」

そのことが引っかかる。

王の息子として育ったモデストロですら、この歴史は初耳だ。

老人は薬茶で唇を湿して、説明した。

「その戦が終わってしばらくは、ギューーフ族とアンズス族はともにマン族の上に君臨しておりました。とはいえ、ギューーフ族は支配など好みませんから、精霊王の血を継ぐ娘と、その親しい友だけが宮廷にとどまるだけで、他のギューフは先祖から住んできた豊かな森に戻り、元のようなのんきな暮らしを続けたようです。戦が終わってからも、代替わりするたびにアンズス王の後継者が精霊王の血統と結婚するようになったのは、つがいの契りを交わしたアンズスの王には不思議な力が宿り、真の王たる資格を得ることができたからです」

「え」

「精霊王の娘と結ばれた真の王は、国に疫病や厄災が起きると早期に予感して、何らかの対策を講じることができました。そのため民は安らかで飢えも知らず、幸せに一生を送れたとか」

真の王、という言葉とその内容が、モデストロの頭の中で結びついた。

ハッとして、聞いてみた。

「もしかして、それが『王の証』ですか」

ぞくぞくと、背筋に戦慄が走る。

今は滅多に『王の証』を持つ王は現れない。だが、かつては『王の証』を持つ真の王が代々国を治めていたという伝承が残っている。

我が意を得たりとばかりに、深々と老人はうなずいた。

「そうです。当時の王は、代々精霊王の血を継ぐ娘とつがいの契約を結ばれ、互いに深く愛しあうことで『王の証』を手に入れられた。精霊王の血を継ぐ娘にも、不思議とアンズス王に惹かれるところがあったのでしょう」

その言葉に、モデストロは納得せずにはいられない。

シャルエルとは、出会ったときから不思議と分かちがたい運命を感じていた。もしシャルエルとつがいの契約を交わしたならば、自分にも『王の証』が現れるのだろうか。

「だが、アンズスの王の血統は、純血種です。ギューフ族の血が混じっているなんて、聞いたこともない」

「アンズス王から、たびたびギューフの子が生まれるのはご存じですか。ギューフ族との血が混じっていない完全な純血種だとしたら、決してギューフの子は生まれないはずです。十五代ジルベルト王より後に王家に生まれたギューフの子は、人知れず始末されてきたのです」

「初耳です。王の血筋に、ギューフが生まれるなんて。ですが、ギューフの子をこれ以上産み落とすことがないように、アンズスの王の血統には、ことさらアンズスのメスを娶ることが強制されているのだと考えれば、納得もできます」

「そうとも言えますね」

老人はうなずいて、続けた。

「この国において、アンズス族とギューフ族の蜜月が失われたのは、十五代ジルベルト王の時代からです。まだ王座につく前のジルベルト王と、もう一人の王子に愛された、美しきギューフの娘がおりました。ですが、そのギューフはどちらか一方を選ぶしかありません。選ばれなかったジルベルト王は二人を深く憎み、本来ならば次の王になるはずだった自分の兄と、その婚約者となったギューフの娘を殺しました。そして、ジルベルトが王となったときにはギューフの森を襲撃させ、そこに住むギューフを皆殺しにするほど、ギューフを憎むようになったのです」

「……っ」

聞いたことのない話に、モデストロは戦慄を覚えた。

暖炉で薪が爆(は)ぜる。

薪の位置を火かき棒の先で微調整しながら、老人は話を続けた。

「そのジルベルト王の時代から、ギューフ族の扱いは完全に変わりました。森に住んでいたギューフはすべて殺されましたが、そのときにはすでに、ギューフはマン族やアンズス族に愛されて、国のいたるところで子を産んでおりました。森にいたギューフは殺せても、国にいるすべてのギューフを根絶やしにすることは困難です。それでもジルベルト王は、当初は見つけ次第、ギューフを殺し、ギューフの子が生まれたときにもすぐに殺せという命令を徹底させておりました。ですが、愛する者や我が子を殺させる命令というのは、そうそう徹底できるものではありません。一度は激減したギューフも、ジルベルト王の死後、またじわじわと数を増やしていきました」

　そんな凄惨な歴史があったことを、モデストロは初めて知った。

　信じがたくはあるが、あながち嘘とも思えない。

　ロンディウムに戻ったら、この話の真偽を知るために古き文書を探さなければならない。

　王の狩り場で会ったギューフも、この老人も、モデストロに真実を伝えようとしている気がした。

　老人の話は続く。

「ジルベルト王はギューフを根絶やしにしようとしただけではなく、徹底的に貶めることも同時に進めました。ペンドラゴン武勇王時代のギューフとの同盟の歴史を消し、『王の証』を得た真の王の歴史だけを残しました」

「かくしてアンズス族だけが高貴とされ、ギューフ族はこの国の中で軽んじられることになったわけですね。俺の中にも、ギューフの血が流れているとは」

　この話が本当だとしたら、すべてはジルベルト王の嫉妬が元凶だ。

　それらを正しい形に戻さなければならない。

　幼いころからモデストロは、ブルタニアの歴史を学ぶたびに奇妙な感覚を抱いていた。

　矛盾が多い。腑に落ちない。何かが隠されているような気がする。宮廷内のレリーフなどにも、不自然にえぐられている部分があった。

それが、ギューフ族の協力をなかったこととし、歴史をゆがめていたからだと理解できて、欠けていた部品がしっくりとはまった気がした。

この老人の話を鵜呑みにすることなく、あとは自分でしっかりと調べなおしたい。

だが、かつてはアンズス族とギューフ族が深く結びついていた時代があったと思うと、胸が熱くなった。

自分が王となったときには、ギューフとの蜜月を復活できないものだろうか。

そんなふうに考え始めている自分に、内心で驚く。

――自分が王になったときだと？

だが、そんなふうに考えるのが自然だと思えてくる。

王を目指す目的が、もう一つ定まった。力が湧き出してきた。

「ご老人、あと一つ、質問が。――今の王は、このゆがめられた歴史を知っているのですか？」

老人はその問いに、苦い笑みを浮かべた。

「私が仕えていたのは、もう一代前の十九代目ルーフェス王の時代です。あなたのお祖父様にあたります。ギューフの隠された歴史を知ったとき、私は今からでも遅くはないから、ギューフの力を借りるようにと、ルーフェス王に進言いたしました。当時、国では疫病が流行し、巨大な飛蝗の群れも飛来しておりました。多くの苦しみから民を救うために精霊王の血族を娶り、つがいの契約を交わして、『王の証』を得る必要があると、懸命に進言したのです。ですが、陛下はその進言を受け入れることはありませんでした。陛下には愛するアンズスのメスの王妃がおりました。いまさら精霊王の血族との婚姻など、考えたくはなかったのでしょう。では、次の王子の代でもいいはずだと食い下がったのですが、自分に『王の証』がないというのに、息子に『王の証』が現れるのは不愉快だとおっしゃいました」

王の一族の信じられない傲慢さに、モデストロは目を見張った。

二十代目である父王も、下手をすればこのまま二十一代目になるであろうグラツィオにも、傲慢なところがある。民よりも、王である自分のことをまず一番に考える。

どこかで、このあやまちを是正しなくてはならないはずだ。

「王とは民を導くもの。民が幸せでいられるように、力をつくすべきもの。俺はペンドラゴン武勇王のレリーフに刻まれた言葉の中から、そのことを学びました。常にそうありたいと願っています」

決意をこめて言うと、老人はホッとしたような笑みを浮かべた。

「長い間、アンズス族による支配が続いてきたことで、王の意識もありようも変わられたのでしょう。ですが、かつてアンズス族はギューフ族と手を取り合い、その力を借りることで、ブルタニアの繁栄を築いてきました」

その言葉が胸に染みる。

やはり自分が王になるしかない。そんな決意が強くなる。今まで目をそらしてきたが、モデストロを応援する勢力も、ありがたいことに宮廷ではそれなりの数となっている。彼らも権力の腐敗を感じとり、正しい形に戻したいと願っているのだ。

軽く目を閉じてから、モデストロは最後の質問をした。

「どうしてあなたは、シャルエルを育てたんですか？　あの子が精霊王の血を継ぐものだと、わかっていたのですか」

ここでシャルエルが育ったと思うと、不思議な気がする。この老人が子育てに向いていたとは思えないが、シャルエルはとても素敵な娘に育った。

老人は皺だらけの顔で、くしゃっと笑った。

「それには、誤解が」

「誤解？」

「ロンディウムから追放された後も、私は精霊王の血を継ぐものを探しておりました。一度はギューフの森で根絶やしにされたものの、それ以前にマン族やアンズス族と結ばれた者の中から、ギューフが生まれてくることがあります。その中で、精霊王の血を継ぐギューフがいないかと探しておりました」

「精霊王の血統をどうやって見分けるんですか？　そもそも発情期になるまで、ギューフは本人ですらギューフだとわかっていないと聞きましたが」

　シャルエルの場合が、まさにそうだ。

「勘、です。奴隷商人も、いろいろな種族の子らの中から、ギューフの子を見分けることができます。私も長年、ギューフを調べてきたので、なんとなくわかるようになってきました。特に精霊王の血統には、それなりに詳しくなりました。このブルタニアのあちらこちらに残された絵や、レリーフを見続けて」

「見分けるポイントは何ですか？」

「顔立ち、です。特に美しく、少しだけ耳が尖っている。そんな特徴を持つギューフの子を、奴隷商人のところで探していたら、養い親候補だと誤解されました。その子を育てるのかと、声をかけられたのです。ギューフの子は発情期になるまで、養い親のところで育てられるのが普通です。その日はたまたま養い親がギューフを見にくる日にあたり、私もその一人だと誤解されたようです」

「それで、引き取る羽目になったと？」

「ええ。まさしく、これは精霊王の血を継ぐギューフではないかという子を、見つけたものですから。普通ならギューフの子は五人から十人ぐらいまとめて引き取って、養い代を稼ぐもののようです。ですから、シャルエル一人だけでいいというと、不思議な顔をされました。あの子が本当に精霊王の血を継ぐ娘かどうかはわかりませんでしたが、とても愛らしい、いい娘に育ちました。それを、奴隷商人に奪われてしまい……。ですが、そうですか、やはりシャルエルは特別だったのですね」

子を思う親のように、老人は愛しげに目を細める。その言葉に、嘘があるとは思えなかった。

「すべては、何かの導きなんでしょうね」

他にもいろいろと聞いた後で、モデストロは小屋から出る。

アンズス族とギューフ族の歴史を知ったことで、民を幸せに導く『真の王』になりたいと願う気持ちが強くなった。そのための力が、自分の中からとめどなく湧きあがってくる。

そして何よりも優先すべきは、早くこの腕にシャルエルを取り戻すことだ。

第八章　運命のつがい

シャルエルが幽閉されたのは、どこかの立派な屋敷だった。

長い時間の移動はなかったので、おそらくここはロンディウムのどこかなのだろう。

確かめようにも窓は板でふさがれ、ドアの外には兵が立っていて、外の様子をうかがうことすら困難だ。

こんなふうにされると、奴隷商人に檻の中に入れられていたときを思い出す。今のほうが部屋が広いからずっとマシだが、幽閉されている境遇には違いない。

何もすることがなかったので、シャルエルはただモデストロと、ギューフの『約束の地』について考えて過ごした。

グラツィオは『約束の地』に関する契約書を、本当に取り交わしてくれた。

魔法がかけられたルーン文字での契約書だから、有効性は確かだ。契約に反したら、グラッツィオには魔法によって罰が与えられる。

『グラッツィオ・ガレッティが王となったあかつきには、「約束の地」はギューフ族に返却される。モデストロ・アウレリオが王になった場合でも、グラッツィオはモデストロに同じことをするようにうながす』

グラッツィオはシャルエルに読み書きができるとは思っていなかったようで、契約書の条文が確認できたことに驚いた様子だったが、それでもちゃんとした契約書だった。

グラッツィオが何の見返りもなく、ギューフに『約束の地』を返してくれることに違和感がある。何か裏があるような気がしてならない。それでも、『約束の地』を返してくれるのなら、シャルエルはその契約書にサインするしかない。

——次の王はグラッツィオではなく、モデストロさまになってもらいたいけど。どちらが王になったとしても、『約束の地』はギューフに戻るんだわ。

そのことを思い出すたびに、少しだけ自分はギューフ族の役に立てたような気がして、気持ちが軽くなる。もうじき自分は殺されるが、これが自分の役割と思うしかない。

——『約束の地』に、行きたかったな……。

ギューフ族は街で性奴隷として暮らすよりも、森の中でのんきに暮らすほうが合っている。運命のつがいに出会ってしまったならば、その相手と一緒にいることがどこで暮らすよりも優先するが、アンズスやマン族のために作られた街は、ギューフには少し窮屈だ。

――森の中の暮らしは、本当に楽しかったもの。

森はギューフの味方だ。どこにどんな食べ物があるのか教えてくれる。繁殖力がさして高くないギューフだから、あくせく作物を育てることをしなくても、豊かな森さえあれば十分に暮らしていけることだろう。

――それに、ギューフがこれから住むのは、『約束の地』だもの。

天にまで届くほどの巨大な樹を中心にした、濃密な緑に恵まれた豊かな地。

すべては自分の心臓が捧げられた後の話になるだろうが、かなうことならシャルエルもそこに行ってみたかった。

だけど『約束の地』をギューフに取り戻せるのは、とても嬉しい。ブルタニアのあちらこちらで、街の暮らしに馴染めずにいるギューフたちに帰る場所ができる。

森で暮らしていたときのことを、シャルエルはよく思い出していた。木漏れ日が肌に気持ちよく降り注ぎ、森が自分を祝福してくれている気がした。養い親さえいなければ、そのままどこまでも歩いていきたいと思う日もあった。

そのまま歩いていったら、自分は『約束の地』にたどりつくことができたのだろうか。

心の奥底にあるふるさと。

かつて自分の先祖たちが住んでいた地。

脳裏にその森をよみがえらせて、モデストロと一緒に手をつないで歩いているところを想像してみた。

——すごく美味しいオレンジが、なっているんだわ。モデストロさまとそれを食べて、あまりの甘さにびっくりするの。そんなことをしてたら、目の前にハチが飛んでくるの。私は素早くハチを捕まえて、ボロ布をつけて放して、巣を突き止めるのよ。

そういえば、モデストロに一度も、ハチミツを採る技を披露していない。

あの屋敷では、その必要がなかった。だけど外に一緒に行くと、モデストロは生き生きとした表情を見せてくれた。だからきっと、『約束の地』でも楽しんでくれるはずだ。

——魚も採る？　モデストロさま、丸ごとの魚を枝に刺して焙って焼いたの、食べられるかな。

一瞬、躊躇するだろうが、シャルエルが見本とばかりにがぶりとかぶりついたら、真似をして食べてくれるだろうか。シャルエルが晩餐会などで、モデストロのお行儀を学んでいるみたいに。

次から次へと浮かんでくるのは、モデストロのことばかりだ。

彼のことを考えていると、愛しさにじわりと涙が浮かんでくる。

——会いたいわ。

会えないのが悲しいから、できるだけ考えないようにしていた。それでも、すでに魂を結ばれてしまったかのように、彼は分かちがたい存在になっている。

留守中にいなくなったシャルエルを、心配してはいないだろうか。不始末を恐れる家令が事情を隠していたら、勝手に屋敷を出ていったと誤解されているだろうか。

――だけど、私が屋敷を出たのは、モデストロさまを助けるためよ。

わかってもらえなくてもいい。ただモデストロが自分をかくまってくれたことで、罰を与えられなければそれだけで。

――それと、私がいなくなっても、モデストロさまがまた、幸せに笑えるような誰かに巡り会えればいいいんだわ。

一人でいると、表情を失ってしまう彼だから、その心を慰めてくれる誰かと早く巡り合えればいい。

そんなふうに思うのに、モデストロのことを考えるだけで、どうしても涙があふれてしまうのだ。

――だけど、嫌よ。モデストロさまは、……私のものなの。

自分に、ここまで強い独占欲があるとは知らなかった。彼はいつか結婚するから、いつでも身を引けるようにしておかなければダメなのに、それでもあきらめきれない。

モデストロに抱きしめられたときの幸福感ばかり、繰り返し思い出す。

もうじきシャルエルは、冷たい軀になってしまうというのに。

モデストロの屋敷から連れ去られて、何日目のことだろうか。

シャルエルは侍女たちに湯あみさせられて白一色の生贄じみた衣装に着替えさせられ、馬車で王城まで運ばれ、人気(ひとけ)のない奥のほうの敷地で降ろされた。

そこでグラツィオが待っていて、彼に先導されて長い長い回廊を歩いていく。

もうじき自分は、心臓をえぐり取られて殺される。引き出されたのは、そのために違いないという予感があった。最後に一目、モデストロに会っておきたかったが、それもかなわないようだ。

――ずっと好きよ。大好きよ。モデストロさま。

モデストロはシャルエルにとって、運命の相手だった。

モデストロにとっては、そうではないのかもしれない。そのことがとても悲しくはあったが、愛しさに胸が灼ける。

――私の、大切な人。

これから殺されると思うと、怖くて泣き叫びそうになる。それでも、モデストロのことを考えれば、驚くほど気持ちが落ち着いた。

モデストロの表情や声の響きを、一つ一つ思い出す。

海に行ったとき、モデストロの手の中で跳ねていたエビの、驚くほどの元気さ。尾が海水を跳ね上げ、それが陽をびちびちと弾いていた。

——このエビを食べたいって言ったら、モデストロは困った顔をしたのよね。だけど、少し考えた後で、近くにあった家を訪ねてくれたのよ。

そこは、モデストロの乳母の家だった。

久しぶりに訪ねてきたモデストロを前に、でっぷりと太った乳母はとても嬉しそうに笑った。

エビだけではなく、山のようにご馳走を出してくれて、お腹いっぱいになっても食べろ食べろと言ってきた。

モデストロは乳母には頭が上がらないようで、あれこれ話す中で、時折、助けを求めるようにシャルエルを見るのが可愛かった。

——モデストロさまは麗しくて素敵なのに、たまに困った顔をするのも好き。

モデストロはシャルエルを、いろいろ楽しませようとしてくれた。思い出すたびに、愛しさに涙が滲みそうになる。

——会いたいわ。会いたくて、どうにかなりそう。モデストロさまは、私がいなくても大丈夫？　寂しくならない？

モデストロは自分が死んだと知ったら、どう思うだろうか。

モデストロにとっての自分は、取り換えの利く愛人の一人でしかない。じきにアンズスのメスと結婚して、寂しさを癒やしてもらえるはずだ。

そうなってほしいと思うのに、胸がズキズキと痛い。

どうしても最後にモデストロと会っておきたい気持ちが膨れ上がる。本当は会うだけではなくて、抱きしめてほしい。抱きしめるだけではなく、キスもしてほしい。

いつまでも未練が捨てきれない。歩きながらも、じわじわと涙が浮かびあがって、目の縁からあふれそうになる。

それでも、シャルエルは瞬きを繰り返すことで、どうにか涙をとどめようとした。

怖いから泣くのだと、グラツィオたちに思われたくないからだ。こんな卑劣な男に泣かされているのだと、誤解されたくはない。

毅然と頭をもたげたのは、下を向くと涙があふれそうだからだ。

向かっているのは、広い王城のさらに奥のほうだ。すれ違うものはなく、一行の足音ばかりが響く。

左右に槍を構えた兵が立つ厳重な警戒のドアの前までたどりついて、グラツィオは足を止めた。

「ここが、王の寝室だ」

ささやきの後で、兵によってドアが開かれる。シャルエルはグラツィオに連れられて、その中に踏みこむことになった。

悪臭が鼻を突いた。部屋中に焚き染められた香でごまかされてはいるものの、濃厚に漂っていたのは肉が腐ったような匂いだ。

王は死につつある。

そのことが、言葉を介さずとも伝わってきた。

これほどの匂いを出す重病だったら、特効薬でもなければ命を救うことはできないだろう。

だが、王の眠る天蓋つきのベッドに近づく途中で、シャルエルは背後からいきなり蹴り倒され、床に引き据えられた。

王と言葉を交わすことができたら、自分はモデストロからの貢ぎ物だと訴えるつもりだった。グラツィオよりも、モデストロの心象をよくしてもらいたいからだ。だが、グラツィオはそこまで読んでいたのかもしれない。

腕をねじあげられ、背で手首を縛られた。苦痛のうめき声は、噛まされた口の中の布に消える。これでは、身動きすることも、声を発することも困難だ。

そのとき、グラツィオの声が響いた。

「陛下、聞いておられますか。お加減が悪いと聞き及び、特効薬をお持ちしました。精霊王の血を継ぐ特別なギューフの、新鮮な心臓です」

寝台の前にあらかじめ木製のがっしりとした台が置かれており、シャルエルは兵によってその台の上に仰向けに引っくり返された。このまま心臓をえぐられるのを予感してもがいたが、全身を数人の兵に押さえこまれると、動けない。

振り仰いだ視界の中で、グラツィオが宝石がちりばめられた黄金の鞘から短剣を抜いたのが見えた。

もはや、これまでかもしれない。

あとは心臓をえぐりだされるのを待つしかない。せめてひどい痛みがないようにと祈りながら、シャルエルは身体に力をこめた。

覚悟してぎゅっと目を閉じたとき、思い浮かべたのはモデストロのことだった。

——好きよ。

最後に、意識の中で呼びかける。

愛しくて、大切な人。

もうじき自分は心臓を取り出されて死ぬだろう。血まみれになった身体は、塵芥のように放り出される。

目は虚ろに開き、手足はもはや動かない。

「では、陛下に、特別なギューフの心臓を」

そんな声と同時に、グラツィオが短刀を振りかざした。

もうこれで、すべてが終わりとなる。

息がひどく苦しく感じて、思いきり吐いて吸いこもうとする。だが、恐怖に強張った身体はまともに呼吸することすらかなわず、ぎゅうと見えない手に圧迫されたような胸の中で、心臓の音だけが鳴り響く。

どく、どく、どく、どく。

あと何回、鼓動が鳴ったら、自分は死ぬのだろうか。

けれども、極限まで研ぎ澄まされたシャルエルの感覚は、そのとき、異変を感じとった。

大勢の人が、こちらに向かっている気配がある。

——何、これは。

閉じた瞼の下で、眼球が落ち着かずに動く。

その人たちの中に、愛しい彼はいるだろうか。

だけど、その前に心臓に刃が突き立てられるかもしれない。強い衝動が上体を貫くよりも前に、シャルエルは寝室のドアが乱暴に開け放たれる音を聞いた。

「シャルエル……！」

叫ぶように響いた声は、愛しい人のものだった。

信じられない。

今のは、幻聴だろうか。

自分はとうに殺されて、いつの間にか夢の中にいるのか。

部外者の乱入を受けて、シャルエルの手足を押さえつけていた兵たちがそちらのほうを一斉に振り向いた。手を離して身構え、次々と剣を抜き放っていく。シャルエルはそんな彼らの隙間から、ドアのほうを見ることができた。

新たに入ってきた大勢の人々の先頭に立っていたのは、まぎれもなくモデストロだ。王の寝室は暗く、明かりは最低限だが、あの赤銅色の髪や、逞しい肩や腰にかけての優雅なラインは見間違いようがない。

——来てくれたの？

そう思うと、息が詰まって言葉もでなくなった。

ここにいると叫びたいのに、嬉しさに涙ばかりぼろぼろとあふれて、声が出せない。

どうしてモデストロは、シャルエルがここにいるのがわかったのだろうか。

よっぽど急いでやってきたのか、マント姿のモデストロは肩で息をしていた。剣を抜き放つモデストロ以外にも、さらにどんどん部屋に兵が入ってくる。

モデストロが連れてきた兵のほうが、数は多いようだ。部屋に入りきれずに廊下にまであふれていた。

「おまえ、何のつもりだ。陛下の寝室だぞ」

グラツィオはシャルエルを背にして、不愉快そうに声を張り上げた。

そんなグラツィオに気づいて、モデストロはまっすぐに歩み寄る。

「貴族議会の正式な承諾を得て、兄上を捕縛しにきた。陛下を殺そうとした反逆の罪で」

「何だと？　おまえごときが、ふざけたことをぬかしやがる」

不愉快極まりない様子で、グラツィオは吐き捨てた。だが、ドアからおずおずと、立派な服装をした貴族が現れた。きらびやかすぎる衣装を見れば、おそらく高位の人物だ。

「本当でございます。グラツィオさまは、貴族議会に出頭命令が出ております。現在、陛下はご病気中ですから、貴族議会に全権が託されてございまして」

彼はモデストロの言葉が本当だと伝えるために現れたようだ。手には羊皮紙をつかんでいる。正式な文書が記されているのだろう。それはドアから一番近くにいたグラツィオの私兵に渡され、グラツィオまで届けられた。

それを読んでいるグラツィオに向けて、モデストロが声を放った。

「次の王位は、陛下が決める。だが、万が一、陛下の命に何かあったときのために、陛下の部屋には魔法で守られた契約の箱が置かれ、次の王を指名する書類が入っている。かつてそこに納められていたのは、『グラツィオ』の名だったかもしれない。だが、陛下は二ヵ月前に、契約の箱を管理する魔法使いを呼び出した。日々成長して横暴さを増していくおまえが、王にふさわしくないと思われたからだろうな。テンビルでの虐殺の件も、陛下が考えなおされるきっかけになっただろう。臣下の前では兄上を許容するようなことを口にされたものの、さすがに目にあまると陛下は考えられた。そのことを知った兄上は、その魔法使いが到着する前に、陛下を亡き者にしようとした」

「おまえは昔から、作り話をするのが得意だったな。どうした？　どうして、そんな妄想に取り憑かれた？」

せせら笑うグラツィオに、モデストロは落ち着いた口調で答えた。

「陛下がおまえのテンビルでの虐殺を心苦しく思われていたことについては、側近の大臣による証言がある。陛下が次の王の指名を書き換えるかもしれないと思った兄上は、陛下を落馬させて亡き者にしようとした。そのときに採った方法が、武器を馬の脚に引っかけて躓かせるやり方だ。それと同じものを俺の馬にも使ったのが、命取りだったな」

「――っ！」

シャルエルはそれを聞いて、息を呑む。

モデストロが落馬したと聞いたときには驚いたが、あれはグラツィオに暗殺されそうになった結果だろうか。

モデストロは取り出したそれを、グラツィオに見せた。シャルエルも台の上に仰向けにされたまま、必死でそれを見定めようとする。複数の紐の先に、球状の錘をいくつも取りつけられたものらしい。

見れば、使い方が予想できる。投げつけて馬の脚にからませ、歩行を妨害するものだろう。

モデストロは言葉を継ぐ。大勢の人々の前で、こんなにも堂々としている彼を、シャルエルは初めて見た。

晩餐会のときには気配を殺し、できるだけ目立たないために、他の者と視線を合わせることすらしなかった。それが、今は別人のようだ。

「木々が茂る森の中で、疾走する馬に狙いを定めてこの武器を使うのは、相当に難しい。使いこなすためには、かなりの熟練が必要となる。それを使った者を捕らえて、すべて吐かせた。嘘がつけない魔法を使い、正しい手続きを経ている。――俺は幸い、落馬しても打ち身だけですんだが、陛下はこの通り、重傷となった。陛下の馬の脚に同じものがからみついていたことを、陛下の側近が確認している」

「そんな世迷いごと、誰が信じる？　まるで知らぬ。私を陥れる罠だ」

グラツィオは色をなしてわめきたてた。

あくまでもしらを切るつもりらしい。先ほどの立派な衣装の貴族が、ドアを半分盾にしながら言った。

「すでに、グラツィオさまの反逆は、明らかです。落馬させる前にも、あなたは陛下の侍従を買収して、毒を飲ませようとした。いくつもの罪が重なっております。あとはあなたを捕らえて、罪を認めさせるだけだ」

グラッィオが威圧的に怒鳴った。

「そんなこと、誰が信じるものか！　私は今、本気で陛下の命を救おうとしているのだ。陛下の命を狙うものが、特効薬を準備するはずがない」

それに応じたのが、モデストロだった。

「兄上にとっては、特効薬となるギューフの心臓が、俺の手元にあることが心配だった。だからこそ、俺の留守中にそのギューフをさらい、陛下の命が危険になるギリギリまで引き延ばして、容態を確かめがてら、命を救うふりをして乗りこんできたのだ。ここでギューフを殺したとしても、心臓の血をすり替えて、陛下をお救いになるつもりはなかったはずだ」

モデストロが断定口調で言い切ると、それが図星だったのか、グラッィオは言葉を失った。

そんなグラッィオを見据えながら、モデストロは言葉を足した。

「そもそも、特別なギューフの心臓の血が特効薬になるなんて、迷信に過ぎない」

「何だと？」

シャルエルの角度からは、グラッィオは背しか見えない。

だが、彼に相対するモデストロの表情はよく見えた。

「哀れですね、兄上。そこまでして、王の座が欲しいですか。王となって、あなたは何をなすつもりですか。民を救うのではなく、贅沢三昧の暮らしを望んでおられるのでは」

先ほどまでのような威圧的な口調ではなかったが、むしろそれが逆にモデストロの静かな怒りを伝えてきた。

それはずっと腹の中に抱えこんでいたものを、すべて吐き出すような態度に見えた。

「貴様！　兄に、なんて口を！」

もはや言い逃れもできなくなったらしく、グラツィオは剝き出しの剣をモデストロに向けた。それを見て、グラツィオの部下も剣を構える。

多勢に無勢だ。戦については何も知らないシャルエルですら、グラツィオのほうが圧倒的に不利なのがわかる。だが、ここは狭い。そのことが、グラツィオに味方する。モデストロ側は思うようには動けないらしい。

グラツィオがモデストロと相対しながら吐き捨てた。

「それでも契約の箱の中にあるのは、私の名だ。父上が崩御されたら、私が次の王となる」

グラツィオの言葉に、モデストロも剣を向けて応じた。

「残念ですね、兄上。俺たちは最後まで、わかりあうことはできなかった」

「殺せ……！」

グラツィオが配下に命じる声が響き渡る。

乱闘が始まり、王の寝室のあちらこちらから剣がかち合う音と、苦痛の叫びが聞こえてくる。

瀕死の王は、布の下がった天蓋の中で声も発せない状態にあるらしい。王の側近たちが、乱闘に巻きこまれないように慌てて壁際に避難したのがわかった。

グラツィオの私兵たちが、主を守るためにモデストロの前に殺到する。彼らに拒まれて、モデストロはシャルエルになかなか近づけない。

そんな中、グラツィオはシャルエルが寝かされていた台の後ろに回り、その身体を背後からぐっと抱きすくめて首筋に短剣を突きつけた。

そのタイミングで近づいてきたモデストロに宣言する。

「私に剣を向けたら、こいつを殺す」

——どこまで卑怯なの……！

シャルエルは心の中で叫んだ。

腕を縛られ、口もずっと布でふさがれている。まともに動けないし、言葉にならないうめきを発するのがせいぜいだ。

シャルエルを台から地面に下ろして立たせ、グラツィオはシャルエルの身体を盾にしながら、奥のドアまで移動し始めた。モデストロが追ってくる。

シャルエルは室内で剣と剣がぶつかりあう音を聞きながら、グラツィオに引きずられていくしかない。

——何とか、……しなくちゃ。

大切な人の、モデストロの足を引っ張るわけにはいかない。自分も彼の力になりたかった。その思いが身体からあふれ、どくん、どくんと脈が大きくなっていく。

特にうなじの一ヵ所が、灼けつくような熱を放っていた。痛みすら感じる。おそらくそこは、精霊王の印がある場所だ。どうしてこんなときに、うなじが熱くなるのかわからない。

シャルエルを引きずりながら、グラツィオはドアをくぐった。そこは奥の間らしい。寝室よりもいっそう豪奢な造りだったが、長いこと閉鎖されていたのか、かび臭い湿った空気が肌を撫でる。まっさきにたどりついたグラツィオ以外に人はいない。

引きずられるうちにシャルエルの口の布は外れたが、こんな状況では声も出せない。

部屋の中心までいくと、モデストロがドアから姿を見せた。近くにいた私兵二人を、素早く倒して、一気に距離を詰めてくる。

その獅子奮迅（ししふんじん）の働きに、グラツィオは臆したように声を張り上げた。

「これを殺されたくなかったら、剣を捨てろ……！」

シャルエルを羽交い締めにしたグラツィオとモデストロは、あらためて対峙する。

いくら首に短剣を突きつけられていても、モデストロは剣を捨ててはならない。

シャルエルよりもモデストロのほうが、命の価値は高いはずだ。

「剣を捨てろと言っている……！」

なかなか剣を手放さないモデストロにいら立ったのか、グラツィオが怒鳴るのと同時に、短剣を持つ手にぐっと力をこめた。

その刃が隣室から漏れる光をはじいたのと同時に、シャルエルの喉に痛みが走った。熱いものが首を伝う。グラツィオが短剣の先で軽くシャルエルの首筋をなぞったようだ。

その切れ味にゾッとする。

すくみあがったシャルエルを見たのか、モデストロが一瞬だけ眉を寄せてから、無言で剣を床に投げ捨てた。それを見て、グラツィオはせせら笑う。

「どうして、そんなにも甘いんだ、おまえは」

グラツィオは哄笑しながら、さらに剣を持ち直してシャルエルの腹に一気に突き立てようとする。

それを阻止しようとしたモデストロの捨て身の動きがなければ、短剣はシャルエルの腹を引き裂いていただろう。

しかし、グラツィオに体当たりする勢いで飛びこんでいったために、モデストロの防御はがら空きになっていた。

もともと、シャルエルのために剣を手放している。そんな無防備なモデストロに、あとから部屋に入ってきたグラツィオの私兵がそれぞれ剣を手に突っこんでいく。

「ダメよ！」

とっさに、シャルエルは叫んだ。

だがそのときには、シャルエルの目の前で血しぶきが散っていた。

「……くっ」

右側は薄く腕をかすめただけだったが、左側から突っこんだ兵の剣が、モデストロの服ごと腹の肉を深々と貫いていた。剣は半ばまで脇腹に刺しこまれ、抜かれるのに合わせて大量の血があふれだす。

「っぐぁ」

モデストロのうめきが聞こえた。

シャルエルは大きく目を見開いた。

世界が静止し、何も聞こえなくなる。

自分ではなく、モデストロが殺されるなんてあってはならない。

大量に流れだす血がモデストロから体力を奪ったらしく、彼はがくりと膝をついた。

「とどめだ！」

シャルエルを突き放したグラツィオがその肩をつかんで、腹に短剣を突き立てようとする。

そのとき、シャルエルの身体は動いていた。

何も考えられなかった。

ただ、モデストロが殺されてはダメだという思いだけが身体を突き動かす。それによってモデストロをかばうために、シャルエルはその身体の前に割りこんだ。それによってモデストロの腹に突き立てようとした刃は一度だけ阻止できたはずだが、グラッィオが短剣を握りなおす気配があった。

次の瞬間、シャルエルの背から冷たい刃が内臓まで突き立てられた。

立っていることもできず、シャルエルはそのまま床にうずくまる。

それは声が出なくなるほどの衝撃を、シャルエルにもたらした。刃はその直後に、身体が引きちぎられるような痛みを伴って抜け出ていく。

「っう、……ぐ、ぐ、ぐ……」

がくがくと勝手に身体が痙攣し、そこから大量の生温かいものがあふれ出した。もはや身体を起こすこともできない。血があふれるのに合わせて、急速に力が抜けていく。

それでも、シャルエルは自分の下に、モデストロの身体があることに気づいた。覆いかぶさる形で、その身体にしがみつく。

顔を近づけると、モデストロが苦しそうな息をしていた。彼に自分の重みをかけるのは忍びないが、この位置は譲れない。ここにいれば、モデストロにこれ以上刃を突き立てられるのを、自分の身体で少しは防げるかもしれないからだ。

その顔に顔を近づけて、シャルエルはずっと胸にあった最後の願いを口にした。

「……つがいに……なって……」

それが、シャルエルの一番の願いだ。

今まで口にできずにきたが、自分はもうじき死ぬのだ。

モデストロだけは助かってほしいが、それが可能なのか、見定めるだけの気力も体力も、今のシャルエルにはない。

最後に願いをかなえてほしい。つがいの契約は、どちらかが死ぬまで有効だと聞いた。シャルエルはもうじき死ぬのだから、契約をしたとしても、モデストロにあまり迷惑をかけずにすむはずだ。

背中から内臓まで貫かれた痛みは、呼吸するたびに耐えがたいほど強くなる。泣きわめかずにいるためには、願いにすがりつくことが必要だった。

そんな中で、なおもチリチリと灼けつくような熱を広げるのは、うなじにある精霊王の印だ。その痛みを癒やすことができるのは、モデストロのキスだけだとわかっている。

――最後、……だから。

モデストロも半分しか、目を開けられなくなっている状態らしい。

いつとどめを刺されても不思議ではなかったが、グラツィオは瀕死の二人がこと切れるのを待っているようだ。

モデストロが死んだら、次の王はグラツィオとなる。王の命もあとわずかだ。そんな判断から、人々もグラツィオを捕らえるのを止めているのかもしれない。

周囲の乱闘の音は、聞こえなくなっていた。

だが、モデストロが苦しい息の下で笑ったのが見えたから、シャルエルはそちらに夢中になる。

血だらけでも、目をすがめて笑う優しい表情はいつもと何も変わらない。大好きな、愛しいモデストロの表情だ。この顔に恋をした。いつでも視線が吸い寄せられて、その表情を瞳に灼きつけてきた。

モデストロと会って初めて、シャルエルは恋というものを知った。一緒にいられるだけで、嬉しい。彼の存在が心のほとんどを占め、ずっと見つめていたくなる。彼ともうじき死によってお別れすると思うと、心が引き裂かれそうなほどつらいのだから、せめて寂しくないように、つがいの契約が欲しい。

——だけど、無理よ。

わかっていた。

ずっとこの思いは、一方通行だ。

自分はただの愛人で、モデストロはいつか、定められた結婚相手と子を成す。こんなにも優しくしてくれたことだけを胸にお別れしなければならないのに、自分はわがままだ。

そのとき、モデストロの唇が動いた。

彼の言葉なら何でも聞いておきたくて、シャルエルは必死で耳を寄せ、聞き取ろうとした。

「……いい……よ。こっちに、……うなじを向けて」

——え？　承諾してくれたの……？

驚きのあまり、聞き間違いかと思った。だけど、モデストロは苦しい息遣いの下でも、目が合うと柔らかく微笑んでくれる。

最後につがいの契約が結べることに、シャルエルは歓喜した。

わがままな願いだと、わかっている。それをモデストロが受け入れてくれたことが嬉しくて、涙がぶわっと湧き出した。

眼の付け根が痛い。瞬きぐらいでは大量の涙はとどめることはできず、ぼたぼたと粒になってあふれ出す。

「あり……が……とう」

身分もなく、人々にさげすまれるだけのギューフに、モデストロは愛をくれる。

彼が自分を見る目が好きだ。愛しげに、少し眩しそうに、細められる目。お腹が減ると、すぐに食堂に行きたがる。シャルエルがぐずぐずしていると手を差し出し、シャルエルの身体を抱き上げてまで、運んでくれるのだ。

——あなた、食いしん坊よね。本当は、私よりも。

自分はギューフだから、いつかモデストロがその地位を追われることがあったとしても、森にいけば十分に養える。モデストロの前に、美味しい果実や食べ物を、いっぱい運んであげたい。ずっとお世話になるばかりだったから、いつか。

自分の命はあとわずかだとわかっているのに、シャルエルはずっと先の夢想にすがる。モデストロの命もどこまで持つのか、わからない。シャルエルはまともに動けないモデストロの口元にうなじがあたるために、鉛のように重い身体を動かした。

「……ん」

うなじにモデストロの苦しげだったが、甘やかな吐息がかかる。

それだけで、身体が深く甘く痺れた。

シャルエルは彼の感触だけで世界をいっぱいにしたくて、ぎゅっと目を閉じる。うなじの痣が、さらに熱を増していく。

もうモデストロのこと以外は考えたくなかった。

——大好き。モデストロさま。好き。出会ったときから、運命だったの。

初めての発情期に、あんな形で彼の馬車に飛びこんでいくなんて、今、思い出すと笑ってしまう。

だけど、そんなシャルエルを、モデストロは受け入れてくれた。

初めて、深くまでつながったあの瞬間、モデストロがシャルエルを強く抱きしめ、欲望のままに動くのを少し待ってくれた。そのときに、恋に落ちた。

自分のことを思いやってくれるこの人が、とても好きだと思った。

その思いは今も変わることなく、ずっと胸に宿っている。

――モデストロさま、優しいのよ。

いつでも、シャルエルと思いを分かち合おうとしてくれる。美味しいものも一緒に食べようとしてくれるし、海にも一緒に行った。

モデストロはシャルエルが美味しそうに食べているのが好きだと言ってくれたが、シャルエルもモデストロが美味しそうに食べている姿を見るのが好きだ。

かつて飢饉の冬に、爺がシャルエルだけ食べさせて、その姿を眺めながらどこか嬉しそうに微笑んでいるのを、不思議に思った。

だけど、今ならその理由がわかる。

大切な相手が幸せそうにしているのを見ているだけで、本当に胸がいっぱいになるのだ。

自分が食べるよりも、相手の幸せそうな姿を見ることが。

モデストロのまなざしは、いつでもそんな愛に満ちていた。

――だから、……幸せよ。あなたと、……出会えたことが。

モデストロとつがいの契約を交わしてから死ぬのが、何より嬉しい。こんな形で結ばれるのなら、死さえも怖くはない。

耳元に、モデストロのかすれた声が届く。

「――シャルエル。おまえと会って、俺は変われ……た。兄に、……挑むことができた。ギューフも救いたかったが、……力が及ばなかった」

――ギューフも？

よくわからなかったが、自分の存在が少しでも彼の力になれたのなら、それだけで嬉しい。

モデストロの息がうなじにかかる感覚に、シャルエルは引きこまれていく。

その直後に、モデストロの唇がうなじの痣に触れた。

目を閉じていて何も見えなかったが、極端に感覚が研ぎ澄まされた肌が、モデストロの唇の柔らかさを感じとる。

それから、生温かいざらりとした舌先が、痣の上をなぞるのも。

背にあった痛みもわからなくなるほど、口づけられた部分からびりびりと強い痺れが走り、それが皮膚から背筋のほうに広がっていくのがわかった。

「……ぁ……っ」

さらに、モデストロはそこに歯を立てる。

最初はためらいがちに。

を感じとった瞬間――。

だけど、それだと皮膚は破れない。

思いきってがりっと強く歯を立てられた瞬間、新たな痺れが広がる。

シャルエルの血がすすられ、モデストロの唾液がシャルエルの体内に流れこんできたの
を感じとった瞬間――。

ぞわっと、全身に強烈な震えが走った。

どくん、どくん、と心臓が壊れたように鳴り響く。

強く閉じた瞼の裏で、何度も真っ白な閃光が爆発した。

――何これ、……なに……っ。

ぐるぐると世界が回る。

何もかもわからなくなったその果てに、忘我の快感がシャルエルを包みこんだ。

気がつくと、ぽっかりと何もない真っ白な空間に身体が浮かんでいるような感覚がある。

痛みも、何も感じない。

身体が浮かびあがったまま、ふわふわとあてもなく漂っている。

こんな陶酔の中で死んでいけるのならば、苦しみはないはずだ。

――だけど、なんだか、呼吸が、……楽だわ。

シャルエルはふと、そのことに気づいた。

少し前までは息を吸いこむだけでも背中から腹にかけて痛くてたまらなかったのに、今

と続いている。

は痛みを感じない。それどころか、身体が軽くて浮き上がっているかのような感覚がずっ

——あれ。

不思議に思いながら、シャルエルは薄く目を開いた。

途端に全身の感覚が戻ってくる。身体の重みや、モデストロの身体の上に上体を投げ出していることもわかる。指先は固まりかけた血でごわごわになっていて、髪をはじめ、全身が血まみれだ。

だけど、その視界の中でシャルエルの目がとらえたのは、血よりも鮮やかな、真っ赤な何かだった。

それがなんだかわからなくて、視線を動かしていく。

気がついた。それは、モデストロの髪だ。燃えるような深紅の色をした髪が、仰向けになって横たわるモデストロの左右のこめかみから二房、生えている。

——綺麗……。

ぼんやりとそれを眺めた。頭の中がもうろうとしていて、なかなか思考力が戻らない。

——こんな髪の色をしていたかしら。

そんなふうに考えながら、シャルエルは上体を起こした。

王城の石材の床にペタンと腰を落とし、寄り添ったモデストロのぐっしょりと血で濡れ

た服の上から、彼の腹の傷を両手で覆う。何かを考えることなく、そうしていた。

ぎゅっと目を閉じると、自分のてのひらから不思議な感覚がほとばしっていくのがわかる。キラキラとしたまばゆい粒のようなものが、彼の身体に流れこんでいく。そんなものが目で見えるなんて、幻覚だろうか。

けれど、こうして彼の傷を癒やしているのだと、頭のどこかで理解していた。

それはすべて瀕死の状態にあったシャルエルの妄想でしかないのかもしれない。

光の粒が見えなくなるまで注ぎきると、すごく眠くなった。

かざした手を外し、力が抜けて、そのままモデストロの上に倒れこむ。その胸の上に頬を預けた。瞼が開かず、すぐにでも眠ってしまいそうだ。

だが、動けなくなったシャルエルの代わりに、今度はモデストロが身体を起こす気配があった。

その動きによってずり落ちそうになったシャルエルの身体は、軽く片手で支えられて抱きこまれる。

目を閉じていても、モデストロが驚いた様子でシャルエルの手が触れたところを探っているのが、身体に直接伝わってきた。

「傷が、……癒えている？」

その声に、シャルエルはうっすらと目を開いた。

――本当に？

妄想ではなく、現実にモデストロの傷は癒えているのだろうか。

モデストロと視線が合う。尋ねられても、シャルエルはすぐにうなずくことはできなかった。

「おまえが？」

今までシャルエルに、傷を癒やす力はなかった。だから、今の不思議な力について説明できないし、自分がやったと自信を持って言い切ることができない。

口ごもっていると、モデストロが何もかも理解したというようにうなずいて、シャルエルを大切そうに支えながら、立ち上がった。

シャルエルもひどく眠くはあったが、彼の助けがあれば立つことができる。

シャルエル自身の背中から突き刺された傷も、癒えていた。

服の引き裂かれた跡や、流れた血の痕跡はそのままだが、手でなぞってみても傷跡一つない。

あらためてモデストロを見る。

彼の服も血みどろで、脇腹に引き裂かれた大きな裂け目が残っていたが、やはり傷はなくなっているようだ。

それを確認した後で、その赤い髪に視線が吸い寄せられた。

モデストロの髪は、もともとは赤銅色だ。

だが、こみかみから生えている髪が二房、燃えるような血の色に変わっている。その赤い色がとても映えると思ったら、もともと赤銅色だった髪から色が抜けて、銀色に変化していた。

その中でこめかみから生えた髪だけ赤く染まっているから、やたらと際立つのだ。

モデストロの姿を目にして、室内にいた兵や人々の間に、ざわざわとつぶやきが広がっていった。

「『王の証』だ……」

「モデストロさまに、『王の証』が」

口々にささやいた後で、彼らは剣を下ろしてモデストロの前でひざまずく。だが、そんな人々の中で、唯一納得できないままなのが、グラツィオだ。

「どうして、……おまえに、『王の証』が……！」

モデストロにも、自分のこめかみから生えた髪の色の違いが自覚できているようだ。指で赤い髪をすき、その色を確認してから、グラツィオに視線を移した。

威厳に満ちた、堂々とした声で言い放つ。

「俺に『王の証』の力がみなぎっているのが、感じとれる。ひざまずけ。俺にひれ伏せ」

「おまえ、誰にそんな口を……！」

だが、そう言った後で、グラツィオは怒りを押し殺したようにぐっと唇を噛んだ。

何かをあきらめたような目をして、モデストロに握手しようと、手を差し出しながら近づいた。

「『王の証』を得た者に、祝福を」

だが、その直後に、隠し持った短剣をモデストロの脇腹に突き立てようとした。

モデストロが死んだら、自動的にグラツィオが次の王になる。

目の前で『王の証』を得て、モデストロが確実に次の王となるのを目撃していたというのに、グラツィオはそのように考えたらしい。

だが、モデストロにもシャルエルにも、グラツィオの行動は見通せていた。

モデストロは落ち着いた動きでグラツィオの手首をねじりあげ、短剣を取り上げると、それでグラツィオの腹を貫いた。

「ぐっ！」

低いうなり声とともに、グラツィオが崩れ落ちる。短剣は柄まで深々と彼の身体を貫いていた。もがくたびに、石の床に広がる血の染みが大きくなっていく。

シャルエルはグラツィオを癒やすことはしなかった。

誰も彼を助けようとしないいし、駆け寄る者もない。

部屋にいた全員が無言で見守る中で、グラツィオの動きが止まる。

それを待っていたかのように、元いた部屋の扉が大きく開け放たれた。

そこは王の寝室だ。

低く沈んだ空気と、広く浅く拡散している意識のどこかで、シャルエルは新たな時代が始まったことを理解した。

その感覚は確かなものだったらしく、ドアを開け放った立派な服装の貴族が声を放った。

「陛下がご逝去なされました」

それを聞いて、室内にいた兵がモデストロを振り仰ぎ、口々に叫んだ。

「王よ。……次代の王よ……！」

「『王の証』を持つ王が、……ようやく……」

バラバラだった言葉が、やがて歓喜の轟き(とどろき)となる。

それがいったん収まったとき、先ほどの貴族がまた大声で言った。

「契約の箱を確認するまでもなく、『王の証』を持つモデストロさまが、次の王でございます。最初のご命令を」

モデストロはシャルエルを腕に抱えたまま、ちらっとその顔を見た。

目が合うと、シャルエルは思わず微笑んでしまう。つがいの契約をしたときから、モデストロとは心のどこかがつながっているような感覚が続いていた。

目が合うたびに微笑みあうのは、その感覚を共有しているのだと確認したい気持ちがあるからだろう。

　モデストロはシャルエルとともに一歩前に出て、声を張り上げた。

「俺は一度死に、よみがえった。新たな命と『王の証』を与えたのは、ここにいる精霊王の血を継ぐギューフの娘、シャルエルだ。五代前、いや、父である王が逝去したので、六代前のこととなるが、当時のジルベルト王が行ったギューフ迫害の歴史と、正しいギューフとアンズスの歴史を、今、ここに伝えよう」

　王逝去の話を聞きつけ、王城にいた高位の貴族が部屋へ続々と集まってくる。

　そんな彼らにも向けて、モデストロは語り始めた。

　ブルタニアの、正しい歴史を。

　シャルエルやこの部屋に集う人々は、隠されてきたギューフとアンズスの歴史を信じられない思いで聞いた。

　話の途中で、見違えるほど立派な服装をしたシャルエルの養い親が入ってきて、モデストロの話を補足しはじめたので、その驚きにも目を見張った。


　王の死によって、次の王はモデストロに決まった。

――『王の証』にまつわる奇跡を、見ていたものは他に伝えよ。

そんなモデストロによる後押しもあって、王城で新しい王が生まれるときに起きた奇跡は、あっという間にロンディウム中に広がっていった。そこからブルタニア全土へと、ものすごい勢いで拡散されつつあるらしい。

『かつてアンズス族とギューフ族が手を携えてブルタニアをどれだけ豊かな島にしてきたのか、古き歴史を学べ。そして、ギューフの力を借りたならば、アンズス王がどれだけ無限の力を得るのかも知ってほしい』

モデストロはそのように語った。

シャルエルがそのときに聞いたブルタニアの歴史は、事実のようだ。

シャルエルを育ててくれた爺は、かつて王城にいた歴史官だった。彼が隠されていた古き歴史書をひもとき、王城に残されたさまざまなレリーフや絵画を元に、そこに残された意味や、アンズス族とギューフ族の歴史を一つ一つ解説していくのは、王城の名物となった。爺の後に大勢の役人や貴族がつき従った。

それらの歴史が正しいということは、王城の奥に隠された書庫や、モデストロが住んでいた元宰相の城館の地下に残されていた古い歴史書や書物で証明されたそうだ。

モデストロが所有していた母の形見の短剣に精霊王の印が刻みこまれていたのも、かつて二つの種族が手を携えてきた証だという。王妃の座に精霊王の血を継ぐギューフの娘がつくのが慣例だったからこそ、そのような宝物が作られたのだ。

「正しい歴史へと導くための手がかりは、こんなふうに身近なものにも残されていた。俺には見えてなかっただけで」

モデストロは苦笑まじりに言う。

だが、彼の思慮深さはずっと増したように見える。

『王の証』を得たモデストロはもちろん、彼につき従って王城を歩くシャルエルの姿も少し変化した。金色の髪はさらにまばゆく輝き、肌も内側から柔らかな光を帯びている。

その変化は誰の目にも明らかだったらしく、シャルエルに向けられる人々の目が賞賛や憧れを帯びたものに変わっていた。

モデストロはそんなシャルエルの頬を愛しげになぞりながら、『かつて俺が王領の西の狩り場で出会った、神秘的なギューフと一緒だ』と語り、その出会いについて話してくれた。

おそらくあの日モデストロが会ったのは、精霊王の血を継ぐギューフだったのだろう。

モデストロとつがいの契約を交わしたときから、シャルエルは自分に特別な力が宿ったのを感じている。

モデストロのほうは、ブルタニア全土を見通す力を得たと聞いた。それこそが『王の証』の力であり、ブルタニアが疫病や凶作などの厄災に見舞われる前に、対策を練ることができる偉大な力だ。

シャルエルには他にも癒やしの力が宿っていた。

ブルタニア全体としても、ギューフに対する意識が変わりつつあるのをシャルエルは実際に肌で感じつつある。

ジルベルト王がギューフ族の評価を地に落としたのと対照的に、モデストロはギューフ族をアンズス族に欠かせないパートナーとして認めたからだ。

王位についた彼がまず行ったのは、奴隷商人を集めて、売買しているギューフを解放するように命じたことだ。

一人自由にするたびに国庫から賠償金が支払われたこともあり、施策はスムーズに進んだ。大勢のギューフが自由になった。

続いて、性奴隷として貴族や富裕な者の手元で飼われていたギューフにも、本人が望むならば、自由になれるという触れが出された。

本人が望むならば、とわざわざその文言を入れたのは、ギューフとその主人がつがいの契約を交わし、互いに深く愛しあっている場合もあるからだ。そんなときには、二人の仲を引き裂くことがないように注意しなければならない。

そして次にシャルエルが望んだのは、『約束の地』を訪れることだった。

シャルエルのみならず、ギューフは幼いころから何度も『約束の地』のことを夢に見て育つらしい。それほどまでに断ちがたい、魂と結びついたふるさとだ。

ブルタニアは前の王の喪に服しており、モデストロの戴冠式までにはまだ時間があった。それまでに一度、『約束の地』を訪れたいとシャルエルはモデストロに言ってみた。

まずはその地を内偵しに使いが派遣されたが、戻ってきた彼はモデストロやシャルエルの前で報告した。

「あの地は、かつての地ではありません。過分な期待は寄せないほうが」

二目と見られないぐらいに、荒れ果てているという。人が住むことができないほど草木は生えず、寒風が吹きすさび、乾いた砂に覆われた荒野でしかないのだと。

それを聞いて、シャルエルは苦笑せずにはいられなかった。

「やっぱり、グラツィオが私と契約を結んでくれたのは、そういうわけだったのね」

二束三文の役に立たない地をあえて明け渡してやり、シャルエルの死後に、希望に満ちたギューフたちがそこに行って失望するのを見て、せせら笑いたかったのだろう。

彼にはそういうところがある。すでに亡き人間だったが。

だが、シャルエルはやはり直接見ておきたかった。すでに人の住めない地になったと聞いても、断ちがたい絆を今でも感じているのだ。

——あの地が、私を呼んでいるような気がするの。

「行ってもいい？」

尋ねると、モデストロはシャルエルをしばらく眺めてから、うなずいた。出会ったころは皮肉気な笑みが目立っていたのに、今は王の威厳と圧倒的な包容力を感じさせる。

「俺も行こう」

「人の住めない不毛の地だそうよ。行っても、何もないかもしれないわ」

がっかりさせたくなくて、言ってみる。だが、モデストロはシャルエルの手を取って口づけた。

「それでも、おまえは行くんだろう？　そこで何が起きるのか知りたいし、何も起こらなかったら、傷心の愛しい人を慰めるのが俺の役目だ」

つがいの契約を交わした。

そのときから、モデストロとは心のどこかがずっとつながっていると感じられるようになった。彼の心の動きが以前よりもずっとわかるし、お互いの身に何か重大なことがあったらすぐに察知できるはずだ。

それでも、身体の一部を常に触れ合わせておきたい。そんなふうに感じているのは、シャルエルだけではないようだ。何かと抱きこまれ、触れられている。

数日だけとはいえ離れたくないのは、シャルエルも一緒だ。

「わかったわ」

あまり大ごとにするつもりはなかった。

ただ『約束の地』を見ておきたいだけだ。

だから、モデストロとお忍びで出立の準備を整えた。

だが、新しい王への期待は大きかった上に、『約束の地』に向かうという情報がどこから漏れたらしい。出立のために城門を出たときには、すでにそこには一緒に行きたいと旅の支度をしたギューフたちが大勢、集まっていた。

断るわけにもいかなかったので、モデストロとシャルエルが乗った馬車が先導する形で、ともに出立することになった。

馬車についてくることができる速度の者はそのまま引き連れ、徒歩の者はいくつかのグループに分けて、それぞれの先導者と警護する者をつけた。

ロンディウムから出るときにはそれでも大した人数ではなかったのだが、日を追うにつれて合流する者が増えていく。

新しい真の王と、精霊王の血を継ぐ娘とともに『約束の地』に向かいたいギューフが大勢いるのだ。

これほどの数のギューフを連れていくことに、シャルエルに不安がないわけではない。『約束の地』はすでに不毛の地であると、知っているからだ。連れてきたギューフたちをがっかりさせたくなかったが、それでも何か予感があった。『約束の地』は、不毛の地のままでは終わらないはずだ。

ギューフたちと大勢で戻ったならば、必ず変化が起きる。その予感を、シャルエルだけではなく、モデストロも感じとっているようだ。

言葉であえて確認したことはなかったが、交わすまなざしなどから、互いにこの先、何かが待ち受けているのを予感している。

ロンディウムを出て、四日目の昼過ぎのことだ。

シャルエルたちは、『約束の地』からかなり近いところまでたどりついていた。山は深く険しくなり、馬車を使うことができる道は途絶えた。だからシャルエルたちも馬車を降り、馬と徒歩で山を越えていく。

モデストロは馬の鞍の前にシャルエルを乗せて、二人乗りになった。馬の歩みに合わせて触れるモデストロの身体の感触や、ちょっとした気遣いに、シャルエルは自分への深い愛情を感じとる。

そして今、何より感じているのは、自分を呼んでいる大きなものからの強い波動だった。

——感じるわ。『約束の地』は、すぐそばにある。

つがいの契約を交わしたのを契機に、シャルエルには癒やしの他にも何か特別な力が備わるようになった。

感覚が命じるままに、シャルエルは『約束の地』へとギューフたちを先導していく。

峠を越えたところで、一気に展望が開けた。その瞬間、目に飛びこんできたのは、荒涼とした荒れ地だ。

地面から吹き上げてくる砂まじりの寒風に身をさらしながら、シャルエルは現在の『約束の地』がどうなっているのか、自分の目で理解した。

内偵させた者が言っていたのは、本当だ。

『約束の地』では、かつて黄金が採れたそうだ。ジルベルト王の統治下、この森にいたギユーフは皆殺しにされ、黄金は掘りつくされた。

そのための採掘の穴が、今でもいたるところでぽっかりと口を開けている。森の木々は黄金を精製するために切り倒されたのか、草も生えない荒野と化していた。

中央にあった巨大な樹は姿を消し、大きな穴だけが残されて、そこには濁った水が溜まっていた。

強すぎる寒風が、シャルエルの全身を凍てつかせた。

ここは、人が住める場所ではない。夢で見た豊かな森とはまるで違う。

だが、分かちがたい何かを感じて、シャルエルはそこを凝視した。

その地が、自分を呼んでいるように感じられてならない。

「下ろして」

モデストロに伝えて、シャルエルは馬の鞍から下りた。

それから、その地に呼ばれるままに、徒歩で急な坂を下りていく。

呼ばれているように感じたのは、シャルエルだけではなかったらしい。やってきたギューフたちは『約束の地』が見える場所まで到達すると、大きく目を見開いて、その荒野を凝視した。それから、無言で荒野に向けて次々と歩きだす。

近づくのを拒んでいるような強い冷たい風が荒野から吹きつけ、ややもすればその強さに押し返されそうになる。大きな尖った岩が、進路をふさぐ。

それでも、シャルエルは歩みを止めなかった。早くその場所に到達しなければならない。

――呼んでいるわ。『約束の地』が、私たちを。

愛しく狂おしく身を震わせて、その地はギューフたちを求めていた。

『約束の地』に踏みこんだ瞬間、ぞくっとシャルエルの身体が震えた。この地と、身体の一部がつながったように感じたからだ。自分は求めていたところに来たのだと、本能で理解した。

目に見えるのは、荒廃しきった地面でしかない。草の一本も生えない、荒れた地だ。だが、シャルエルには、ここがただの荒野ではないとわかっていた。

立ち止まったシャルエルに、モデストロが並んだ。モデストロはギューフではなかったが、シャルエルを通じて何か特別なものを感じとっているのかもしれない。

シャルエルは目を閉じて、よりその地からの感覚を受け止めようとしながら、モデストロの手を握った。

「ここが、『約束の地』よ。ギューフは遠い昔に、この地と誓いを交わしたの。だから、この地とギューフは、目に見えない力で互いに惹かれあうの」

だが、この地はギューフを失ったことで力を失っている。

そんな地に、一人また一人とギューフが戻ってくる。ギューフを迎え入れることで、地が歓喜に震えているのが、シャルエルには感じとれた。

「帰って……きたわ」

シャルエルは小さく口にした。

幼いころから森に入るたびに、何かが自分を大切に包みこんで守ってくれているように感じていた。ギューフは森の眷属だ。だが、育った地よりも、この地とのほうが結びつきが強い。

『約束の地』にたどりついたギューフたちは、しばらく歩いたところで立ちつくして動かなくなった。

だけど、そのそれぞれのギューフから、この地に力が流れこんでいくのをシャルエルは感じとる。

その力はギューフの人数が増えるにつれて大きくなり、ついには目に見えるほどのキラキラとした光の奔流となった。

自分はあるべき場所に到達したという安堵感が、シャルエルの胸に広がる。ここにさえいれば、何も心配することはない。そう思えるほど、心が安定してくる。モデストロの手をしっかりと握りしめ、目を閉じた。

どれだけの時間が過ぎたのか、わからない。

いつしか眩しい光の奔流は消えていた。その代わりに薄く開いたシャルエルの目に映ったのは、あふれかえる緑だった。

荒野だったところに草が生え、それがみるみるうちに育っていく。地面からひょろりとした枝が伸び、それが太い幹となり、身長をはるかに超えて大きくなる。

荒れた地が元通りの『約束の地』に戻りつつあった。植物は周囲に侵略を広げていく。強い冷たい風はその木々にさえぎられ、水気を含んだ柔らかな風がシャルエルの頰を撫でた。

一番劇的な変化を見せたのは、その中心部にあった大きな穴だ。そこには、かつて天まで届くほどの巨大な樹が生えていた。

その空洞だったところに、緑のつるが入りこんだ。そのつるがからみあって、巨大な樹が形作られていく。その光景を、シャルエルは驚きとともに見守るしかない。

深い豊かな森がどんどん広がっていくのに合わせて、樹も天まで伸びていく。

気づけば、元からずっとそこにあったように太く見事な樹になっていた。高々と伸びた樹の梢は雲を割り、そのてっぺんがどこにあるのか見定められないほどだ。

しかもそのつるや枝は、みずみずしく輝いている。

地面のあちらこちらにあった採掘穴も、盛り上がってきた木々や土によってふさがれた。そこに溜まっていた泥水も、土に吸収されたらしい。

まだ動物の姿は見えないが、この分なら虫や鳥たちが戻ってくる日も遠くないだろう。いずれは、大きな動物たちも戻る。

森がかつてのように復活していった後で、ギューフたちが三々五々、森のあちらこちらに散っていくのが見えた。かなりの人数がいたが、それでもギューフたちをすべて養えるぐらいに森は深く、豊かだ。おそらくギューフたちは住むところを見つけ、それぞれの場所でのんきに暮らしていくことだろう。

ここにやってきたすべてのギューフたちの姿が見えなくなるまで見送ってから、シャルエルは振り返った。遠く振り仰いだ峠のあたりに、モデストロが連れてきた兵たちが、鈴なりになってこちらを眺めているのがみえる。

シャルエルと手をつないだままのモデストロも、そちらを振り仰いで言った。

「ギューフの、新たな伝説が生まれたな。この『約束の地』の噂が広まったら、ろくでもない者も現れるだろう。安全面は大丈夫か?」

尋ねられて、シャルエルは微笑んだ。

先ほどやってきたギューフの中に、シャルエルは自分と同じ精霊王の血を継ぐものの存在を感じとった。おそらく彼らが森をあやつり、ギューフたちを束ねて、何とかしてくれるに違いない。

「大丈夫よ。ギューフたちは、昔からこうして暮らしてきたのだもの」

いずれ、ここにギューフのコミュニティもできる。ギューフをまとめるのは精霊王の血を継ぐものたちであり、必要があれば近隣の村との交易や交流も始めるだろう。

シャルエルはモデストロと手をつないだまま、森の中を一回りした。少し前まで荒野だったとは思えないほど生き生きと木々が生い茂り、美味しそうな実がすでにたわわに生っていた。

シャルエルはみずみずしいオレンジの実を二つもぎ取る。木々の間にぽっかりと開いた場所で、ちょうどいい岩に座り、モデストロと一緒にそれを食べた。

オレンジはかぐわしく、房を噛みしめると、ぷちぷちとした粒の感触と、果実の甘みが口の中に広がっていく。

グラッツィオに幽閉されていたとき、モデストロとこの『約束の地』に戻り、こうしてオレンジを食べることを夢みていた。

それが現実になったとは信じられない。

だけど、舌に広がる芳香や、肩が触れているモデストロの感触は確かだ。

「私ね、ずっとあなたと、ここにくることを思い描いていたのよ」

言うと、尋ねられた。

「わかっていたのか？　こんなふうになることを」

シャルエルはあいまいに首をかしげた。

わかっていたようにも、わかっていなかったようにも思えた。

「呼ばれていたの。だから、来なければならないって思っていたわ」

そんなシャルエルの言葉にうなずいてから、モデストロが質問を重ねた。

「君は、……ここに残らなくてもいいのか」

手を探られ、つないだ指にぐっと力がこもる。

無意識に引き留めるようなしぐさをするモデストロが、シャルエルは愛しくて笑ってしまう。王位を継ぐことが決まったころから、モデストロには威厳が増した。

それでも、シャルエルを求めるときには、こんな顔をするのだ。

「つがいの契約を交わした相手がいるのに？」

歌うように、シャルエルは応える。自分がモデストロから離れられるはずがない。

ブルタニアの新たな王となるモデストロは、就任したらロンディウムから当面離れられないだろう。だとしたら、シャルエルがロンディウムにとどまるしかない。おそらく、かつてアンズス王に嫁いだ精霊王の血を継ぐ娘もそうしてきたはずだ。

「この森は、いいところよ。いつでも私を受け入れてくれる。だけど、それよりも一緒にいたい人のいるところに行くの」

この森は、ギューフに食べ物や住むところを与えてくれる。ギューフはここで、かつてのままに自由な暮らしを送ることができる。

だけど、シャルエルにとっては、つがいの契約を交わした相手と一緒にいるのが一番の幸せだった。

「そうか」

モデストロはホッとしたように笑ってくれた。

威厳に満ちた王になったくせに、モデストロはシャルエルの選択を尊重してくれる。

一緒にいることを選んだシャルエルに、礼を伝えるかのように正面から無言で強く抱きしめた。

密着した身体から、モデストロの思いが伝わってきた。シャルエルを必要不可欠なものとして、求めてくれる。シャルエルにとっても、モデストロは自分の半身のように感じられる相手だ。彼と離れることなど、考えられない。

「ブルタニアにいるギューフの半分ぐらいは、この森で暮らすことになるはずだわ。だけど、すでにアンズスやマン族とつがいの契約を交わしたものは、そうしない。だって、その相手と暮らすのが、一番の幸せだもの」

「そうか」

「そうよ。ありがとう。ギューフを尊重してくれて。こんなふうに、ギューフが自由になれたのは、あなたのおかげよ」

「礼を言われるどころか、詫びなければならない立場だ。かつてジルベルト王が、ギューフとの歴史をゆがめた。それから、長い月日の間、ギューフはさげすまれてきた。だけど、これからは、アンズスはギューフとともに歩む。元にあった形に戻す」

その言葉を聞いて、モデストロなら今後、立派な王になれるとシャルエルは確信する。

彼は不当に抑圧されたものの苦しみを知っている。

だからこそ、優しくも強くもなれるのだ。

最終章　真の王は永遠の愛を誓う

前王の喪が明けてから三週間後に、モデストロとシャルエルの戴冠式が行われることが決まった。

その前に、モデストロとシャルエルの結婚式が行われる。

このような順番になったのは、モデストロの強い意志があったからだ。シャルエルにも、王妃の冠が与えられるようにしてほしいと。

かつての歴史において、アンズスの王が戴冠するときには、必ずギューフの女王もその伴侶として戴冠していたそうだ。ときにはアンズスメスの女王と、ギューフオスの王が戴冠する組み合わせもあったそうだが、どちらが孕むにしても、生まれてくるのは王の子だ。

ブルタニアを統べる王の形をかつての姿に戻すことによって、ブルタニアの歴史も正しい形に修正させる。モデストロは、そのように信念を口にした。

かつての歴史や、モデストロが『王の証』を得たときの奇跡。それに関わったギューフの力。ギューフの『約束の地』で起きた奇跡。その森でギューフたちは自由を取り戻したこと。そんな話がどんどん広まっていったことによって、結婚式のときまでには、ギューフの地位は民の理解を得られるまでに向上したようだ。

シャルエルと結婚して、彼女を王妃として迎えたい、というモデストロの意向は、貴族議会にさしたる抵抗もなく受け入れられた。それは、何よりモデストロに逆らえない王者の風格があったからだ、とシャルエルは理解している。

こめかみから伸びる深紅の髪二房。その二房を、ふわりと縁取る銀の髪。

それに、モデストロの目の色も変わった。ブルタニアの隅々まで見通し、正しいものと良くないものを見分けることができる黄金の瞳に。

『王の証』を持つ者の前では、嘘は通用しない。

そんな言い伝えがあった通り、ブルタニアが王の喪に服している間に、モデストロは前王の威光に隠れて不正をしていた貴族や役人たちを次々と告発し、ブルタニアから追放していった。

これからは、不正をしない役人や貴族によってのみ、国は統べられていくと宣言した。

それもあってか、戴冠式前から、宮廷の雰囲気はあらたまった。

シャルエルには、宮廷内に清涼な風が吹いているように感じられた。以前の宮廷は、魔窟のようなものだったと聞いているのに。

王族は成人して十年以内にアンズスのメスと子を成すべき、という決まりも撤廃された。これも、ジルベルト王の時代から始まったものらしい。

モデストロと正式に結婚できるのだとわかって、シャルエルは嬉しくなる。

つがいの契約を交わしていれば十分だったが、モデストロに言わせれば、結婚式を執り行うことは、シャルエルに戴冠を認めさせるための必要な行為だそうだ。

——王妃か。

シャルエルはぼうっとしてしまう。

自分には過ぎた地位に感じられたが、シャルエルにはモデストロと同じような力が宿っている。

その力を民のために生かし、モデストロを助けることができるのだったら、王妃として頑張るしかないのでは、と思えてくる。

結婚式のことを伝えにきたモデストロの後ろには、ニンフィナ侯爵夫人が控えていた。

目が合うと、凄みのある笑みを浮かべられた。

シャルエルに王妃としての礼儀作法や教養をみっちりと教えこむつもりなのだろう。

怖かったが、こうなった以上はやるしかないと、シャルエルは腹をくくった。

結婚式の朝。

シャルエルは朝早くから起こされ、身支度をした。

身につけたこともないような、美しいウエディングドレスと装飾品が準備されている。

儀式は好きではなかったが、これで今日、モデストロと正式に結ばれ、伴侶として認められるのだと思うと何より嬉しい。

目を閉じると、別室で支度をしているモデストロの気配が伝わってきた。彼がうきうきしているのがなんとなくわかる。自分のこの幸せな気持ちもモデストロに伝わっているのだと思うと、少し恥ずかしくもあるが嬉しくなった。

支度を調え、王城のエントランスでモデストロと合流した。豪華な衣装に身を包んだモデストロは、普段よりもさらに輝いて見えた。その姿に見惚れていると、同じくシャルエルに見惚れていたらしいモデストロが、エスコートするために手を差し出した。

「最高に嬉しい日だね」

「そうね」

胸にジンと、熱いものが広がる。

ここまであっという間だった気もするし、長かったような気もする。

モデストロとこうなることが、あらかじめ定められていた運命のようにも思えたし、頑張って切り開いたようにも思えた。

今日はとてもいい天気だ。だから、二人が乗る馬車は屋根がないものを使うことができる。

戴冠式前ではあったが、大聖堂へと向かうと、その二人を見に沿道に詰めかけた人々が熱狂気味に見守り、叫び、手を振ってくれた。

「新しい王、ばんざぁあああい！」

「モデストロさま、お幸せに……！」

歓声を聞き、『王の証』を持つ新しい王に対する民の期待が膨れ上がっていることを、シャルエルは強く感じとる。戴冠式前から、モデストロは絶大な人気を誇っていた。

そして、その期待が自分にも向けられていることにシャルエルは驚いた。

——ギューフの女王、ばんざぁあああい……！

そんな声が、風に乗ってあちらこちらから聞こえてくる。その言葉に、シャルエルは胸が熱くなった。

このロンディウムに来たとき、シャルエルは奴隷商人の荷馬車に乗せられ、檻の中に入れられた家畜扱いだった。その状況が、モデストロと会ったことで劇的に変化している。

ギューフに対する偏見は完全になくなったとはいえないが、ロンディウムに残ったギュ

ーフたちの雰囲気は明らかに変わった。自分たちがブルタニアを守ったギューフの子孫だと知り、いつでも行ける『約束の地』を得たことで誇りを持ったらしい。『約束の地』ではギューフたちがそれぞれ簡単な家を作り、共同体としての暮らしが営まれつつあるという。森の恵みはふんだんにあるし、もともとギューフ同士での繁殖力は強くない。その地であれば、幸せに暮らしていけることだろう。

馬車は大通りをしばらく走ってから、大聖堂の敷地に入っていく。

馬車から降りる前に、シャルエルはモデストロと視線を合わせた。

胸がいっぱいだ。

そんなシャルエルを、モデストロが愛しげに抱き寄せてくれた。

結婚式の後は初夜になるのだが、すでに二人は数えきれないほど関係を結んでいる。

しかも、もうじき発情期が近づきつつある。

ただし、戴冠式はシャルエルの発情期が終わった後に設定されていたから、儀式と重なる心配はなかった。

発情期の予兆にシャルエルの身体は敏感に研ぎ澄まされ、モデストロに愛されることを待ち望んでいる。だが、それ以上に昂るのは心のほうだ。

　結婚式の後には盛大な宴があり、シャルエルはそこで大勢の人々と引き合わされて、祝福された。かつてのシャルエルだったらひどく恐縮して小さくなっていたと思うが、モデストロと心のどこかがつながっている状態だったから、落ち着いてその挨拶を受けることができる。

　モデストロとつがいの契約を結んだときから、シャルエルは外見からも神秘的な力を放つように変化していた。肌からの発光はシャルエルにも自覚できるほどだったから、そんな姿を前にして、人々が目を見張るのが楽しくもあった。

　少しは、モデストロの横にいるのにふさわしい姿になっただろうか。

　何人か腹黒そうな大使もいたが、挨拶を受けた後にチラリとモデストロを見たら、何もかも承知だ、というように微笑まれた。彼らの意図を見抜いた上で付き合うつもりなのだろう。そんなモデストロであれば、安心だ。

　まだ宴は続いている。

　だが、結婚式を挙げたばかりの二人は、宴を中座して、初夜を迎えるのが習わしのようだ。かなり疲れてきたシャルエルにとっては、ありがたいことだった。

　初めて通される王妃の寝室で、ずしりと重いドレスを脱ぎ、湯あみをしてから、初夜の夜着を身につける。色っぽいレースをふんだんに使った夜着姿で、王の寝所まで送り届けられた。

モデストロとは、すでに四度目の発情期だ。抱かれるたびに、自分の身体がモデストロに馴染んでいくような感じがある。受け止める快感も、どんどん深くなっている。

モデストロに温かく迎え入れられ、緊張しながらベッドに座ると、その正面に立たれた。

「綺麗だよ、とても」

そんな言葉の後で、大切そうに頬を包みこまれて、口づけられた。

唇を割られ、舌を吸われると、身体の力が抜けていく。

「ん、……ふぁ、……っぁ」

舌がぬるぬるとからみあうたびに、腰の深い場所が甘く痺れた。そこが熱く潤っていくのがわかる。

甘い舌の動きばかりに集中していると、押し倒された。一瞬身体が浮き上がったような感じがした直後に、背中がベッドについていた。

モデストロはシャルエルを押し倒した時点でいったん身体を起こし、まずは婚礼のきらびやかな衣装を脱ぎ捨てた。

仰向けにベッドに横たわっていたので、シャルエルは安心してモデストロのキスに集中することができる。モデストロの舌は器用に、口腔内の感じるところを探っていく。

つかみどころのない快感だったが、彼の息遣いを感じるたびに腰の奥が痺れた。大きく足を割られ、その足の間にモデストロの身体を挟みこまれている。たまに当たる熱いものがすでに硬くなっていることも、シャルエルの身体の熱を掻き立てた。

「ッん、……ん、ふ……っ」

つがいとなり、すでに一心同体のように感じられる相手だ。それでも、こんなときには次に何をされるのかわからなくてドキドキする。

そんなシャルエルとキスを続けたまま、モデストロの手が胸元まで伸びた。

そっと、宝物のように夜着を脱がされる。

剥き出しになった柔らかな乳房を完全に手の中に収められ、乳首を円を描くように転がされた。その指の下で、だんだんとそこが硬く尖っていくのがわかる。

胸をいじられているだけなのに下半身まで甘く溶け落ち、モデストロのものが擦りつけられるのに合わせて、自然と腰まで揺れてしまう。

「ッ、ん、ふ！」

唇がようやく解放されたが、吐息が胸元まで移動していく気配を、シャルエルは息を呑みながら受け止めていた。

高い鼻梁が押しつけられるのを乳房で感じとったすぐ後に、乳首が口に含まれた。

「っ、は、……ン、ン……っ」

さきほどは口腔内を淫らに探っていた舌が、今度はその敏感な突起を器用に舐めまわす。

片方は唇に含まれ、もう片方にもモデストロの形のいい長い指がからみついた。ぬるぬるとしたとらえどころのない舌での刺激と、指先で押しつぶされるしっかりとした刺激とが、左右の乳首から送りこまれる。

胸からの快感に悶えていると、モデストロの腰が引かれ、大きく足を開かれて、その中心に指がねじこまれてきた。

「ん、……っは……っ」

慣れ親しんだ快感に、ビクンと身体が跳ね上がる。

ここしばらくは多忙のあまり、つながっていなかった。その部分に長い形のいい指を入れられて、最初に道をつけられていくときの快感がやたらと鮮明に感じられて、のけぞらずにはいられない。

最初は違和感があっても、馴染む前の奇妙な感じのする中で抜き差しされると、だんだんと気持ちよくてたまらなくなることを、シャルエルは知っていた。

くぷくぷと指を動かされながら、乳首を舐めまわされた。乳首からの快感が、襞で感じる快感に溶けていく。

「どんどん濡れてくるな」

それは、シャルエルも感じとっている。中に入っては抜け落ちるモデストロの指が、たっぷりと濡れるまで潤っている。

そのぬめりで指の動きはなめらかさを増し、受け止める快感も強くなる。

小さくあえぎながら、シャルエルは薄く目を開いた。

すぐそばにある大好きな顔と、視線がからんだ。

精悍さを増した黄金色の瞳と、柔らかな笑みを浮かべつつも、今にもシャルエルを食らいつくそうとしている口元。

これが、ブルタニアの支配者だ。

そんな帝王然としたモデストロが、熱に浮かされたように余裕なくシャルエルをむさぼってくるのが好きだ。

今日もその口や指で、どれだけ自分を感じさせてくれるのだろうか。

答えようとする最中にも指をぬぷぬぷと出し入れされて、声が上ずってしまう。

「あっ、あなたが、……かんじさせる、……から……っ、よ。ぁ、……っぁ、あ……っ」

その顔をモデストロが見守っていた。

モデストロの情事のときの表情が好きなのと同じように、モデストロもシャルエルの感じている顔を見るのが好きなのかもしれない。

なんだか恥ずかしくて顔を背けようとしたが、乳首をねっとりと吸いあげられ、舐めまわされる。モデストロは、シャルエルの一番感じるやりかたを知っていた。だからこその快感に、ますます蜜があふれ出してしまう。

たっぷりの蜜を掻きだすように指を動かされると、がくがくと腰が震えてきた。

早くモデストロの、あの大きくて硬い、ごつごつしたものが欲しい。だが、モデストロは指を抜き取ると、膝の裏をつかんで折り曲げながら、太腿に息を吹きかけて誘ってきた。

「今日は、愛しい我がつがいに、とことんまで快感を味わわせてみたい。ここでの絶頂を覚えてみるか？」

——ここ？

すぐにはどこのことだか、わからなかった。だけど、モデストロが指の腹でそっと花弁の上部の亀裂を刺激してきたので、身体で理解できた。

触れられただけでも、びりびりと身体全体が痺れるような感覚があるほど、敏感なところがある。

そこをたっぷりといじられると思っただけで、シャルエルは恥ずかしさと期待にすくみあがった。

怖かったが、モデストロが望むことは何でもしてあげたい。大きく足を広げられたまま、花弁に頭が近づいていくのを、息を呑んで待つしかない。

「い、いいわよ」

「いいのか？」

モデストロは少し驚いたような顔をしてから、柔らかく笑った。

粘膜に吐息がかかり、シャルエルの足の内側に力がこもる。

感じる突起に唇を落とされ、ちゅっと吸われただけで、強烈に腰から快感が広がっていく。早くも承諾したことを後悔していた。

こんな濃厚な快感に、耐えきれるだろうか。

「ぁあ！」

ぎゅっと締まった中に、また指が根元まで戻された。

腰をそんなふうに内側から固定されると、動けない。あふれる蜜によって、押しこまれた指がぬるぬるとすべりやすくなっている。

その状態でモデストロの舌先は、シャルエルの感じる突起を柔らかく舐めてくる。

「っん、……っぁ、……あ、あ……っ」

まだあまり強くはない。ほんのわずかに、舌先が触れているぐらいだ。

だが、突起が受け取る柔らかな刺激と、中をやんわりと指で掻き回される刺激が身体の内側で混じった。入れられた指は円を描くような動きから、抜き差しされる動きへと、不規則に変化する。

そのため、いつまでも刺激に慣れることができない。指が入ってくるときと抜けるときのぞくぞくとした快感が、腰を満たす。

締めつけるたびに、そこに指があることをやたらと実感させられた。

そんなふうにされながら、突起を集中的に舐められていくのだ。柔らかな舌を身体の一番敏感なところで感じるたびに、全身が熱を帯びていく。

「……ぁ、……あ、……っんぁ、あ、あ、あ」

抜き差しをする指の動きを受け止めながら、突起を舐めたてられる快感にも耐えなければならない。

だんだんと舌の動きが、淫らさを増していく。軽く吸いあげられると、がくがくと腰が揺れた。

ほんのわずかに残った意識が、今の自分の姿をたまらなく恥ずかしいものとして認識している。

なのに、突起に舌があたると、自分でも腰の動きが止められない。強烈すぎるほどの刺激と、甘ったるい刺激を交互に送りこまれると、浮かされたつま先にまで力がこもり、勝手に身体が揺れる。

あとはより快感を集めて昇りつめるしかないほど、追いつめられていく。

「っぁあ、ん、……ぁ、……あ……」

指が出し入れされるたびに、漏れる水音が大きくなった。指を増やすか、いっそここにモデストロの熱くて硬いものを突き立ててもらいたい。

そんなふうに願い始めた身体から、モデストロは指を抜き取った。いよいよ彼のものが打ちこまれるのかと期待したが、モデストロは担ぎ上げた足を離してはくれない。

モデストロの頭がある位置に困惑した視線を落とすと、目が合った彼は柔らかく笑った。

「シャルエルから、とてもいい匂いがする」

そんな言葉とともに、モデストロはシャルエルの蜜があふれているところに口づけてきた。

少し前まで、指を含まされていた部分だ。入り口をぬるぬると弾力のある舌の先でなぞられると、それだけで気が遠くなるほど感じる。

さらにぬぷぬぷと舌先を差しこんだり抜かれたりしながら蜜をすすられると、その舌の動きに背中が痺れた。指のようにはっきりとした刺激ではないものの、柔らかく弾力のある舌に狭道を押し開かれる感触は独特で、いちいち息を呑まずにはいられない。

それからモデストロの手は胸元に伸ばされ、その柔らかさを堪能するようにそっと揉みこんできた。指の間に乳首を挟みこまれ、動かされながら、同時に中を舐めねぶられると、もうどうしようもなかった。

「んん、……っあ、あ……っ」

中を舌先で穿たれる感触にようやく慣れてきたと思いきや、モデストロの頭は少し前にずれて、ずきずきと張り詰めていた突起を吸いあげた。

「ひ、ぁっ！」

いきなりの快感に腰が跳ね上がる。ぬるりぬるりと突起を舐められると、悲鳴のような声が漏れる。

さらに舌を押しつけられ、花弁全体を舐めまわされながら、時々、その敏感な突起を甘噛みされる。感じるたびに襞がぎゅうっと収縮して、蜜がとぷりと吐き出された。

花弁の隅々まで、舌であますところなくなぞられていく。その舌の温かさや弾力や、唇や歯の感触を、嫌というほど味わわされる。

「っぁ、……ぁ、……ん、あ……っ」

もはや限界だった。

シャルエルはそこを舐められながら、押し寄せてくる波に導かれるままに昇りつめた。びくっと身体が痙攣して、頭が真っ白になる。

たまらない快感につま先まで硬直した後で、全身が弛緩していく。

その中で、ただ自分を愛しげに見つめるモデストロの視線だけを感じていた。

優しいキスが額に落ちる。

薄く目を開くと、ささやきが聞こえた。

「入れるよ」

ぼんやりとしたままうなずくと、モデストロの熱い切っ先が、潤いきった花弁に押しつけられた。

花弁全体をその先端でなぞられて、まだ絶頂の余韻を宿していたシャルエルの身体はぞくりと震える。

少し休憩させてほしくもあったが、身体で感じとったモデストロのものは、『待て』が利きそうもないぐらい硬く張り詰めている。だからこそ、そんな彼が愛しくなって、受け入れるしかなかった。

シャルエルが力を抜いたのを感じとったのか、その一瞬後にモデストロのものが体内に突き立てられた。

「っ！」

大きなものが狭道を押し広げて入ってくる快感に、思わず声が詰まる。

深くまで身体を開かれていくときの圧倒的な快感に、頭が沸騰しそうになった。だが、根元まで貫いた後で、モデストロは動きを止めた。

シャルエルはぞくっと震えながら息を吐き出す。どれだけ中が複雑にうごめいているのかが自覚できた。

「はぁ、……あ、……あ、……んぁ、あ……っ」

締めつけるたびに、体内にある熱いものから快感が広がっていく。

すでに身体に深く馴染んだ圧迫感ではあったが、受け入れるだけでも息が詰まるほどの質量があった。それがどれだけ圧倒的な快感を与えてくれるのかを、シャルエルの身体はすでに知っている。

モデストロが動きを止めたのは一瞬だけだ。すぐにからみついてくる襞のうごめきに急きたてられたように、ゆっくりと腰を使われた。

「あっ、あ、あ……」

押し出されて、息が漏れる。

抜かれるときも皮膚が粟立つような快感があったが、返す動きで一気に深い位置まで貫かれるのもたまらない。

それをモデストロは身体の反応から感じとったのか、深い位置まで押しこむときにことさら体重をかけてきた。感じる奥を集中的に攻め立てられ、シャルエルの足が揺れる。

「っぁ、……んぁ、……ぁ、……んぁ、……ン」

モデストロのものが打ちこまれるたびに、身体の中でますますその大きさと硬さが増していく。より深く入ってくる切っ先が感じるところをえぐり、抜き差しのたびに中がゴリゴリと擦りたてられる。

「んぁ！　そこ、……ダメ……っ！」

挿入の勢いそのままに刺激されて、度を超えた強烈な快感に思わず腰が浮いた。

だが、深くまで貫かれているから、動ける範囲はほんのわずかだ。

モデストロのものは浅いところで何回か抜き差ししてから、奥の感じるところまで一気に入ってくるリズムに変わる。深いところをえぐられるのに感じすぎてびくっと思わず腰を引くと、今度はそこばかりをずんずん突かれて、乳首をきゅっとひねられる。

「っぁ、……ぁ、……んぁ、……あ……っ」

さらにモデストロの空いた手は、さきほどたっぷり舐めまわした突起にまで伸びた。そこを指の腹で押しつぶされるたびに、力を入れずには耐えきれないような快感が背筋を這いあがっていく。

その突起を指先で転がされ、さらにきゅっとつまみあげられた瞬間、気が遠くなって、新たな絶頂に達していた。

「ン、……ぁあ、あ、あ、あ……」

ガクガクと、腰が揺れる。まだまだモデストロのものは体内で逞しい大きさを保っていて、だからこそそれを自分から擦りあげるような動きをしてしまうと、絶頂感が収まらなくなる。

どうにか息ができるようになると、モデストロがシャルエルの前髪をかきあげ、そこににじんだ涙をキスで吸いあげてから、ささやいた。

「この身体は、物覚えがいい」

「あなたの、……せいよ……っ」

まだひくひくと、中に痙攣が残っていた。そこが収縮するたびに、小さく達しているような感覚があるほどだ。

その身体を抱きしめられて、うつ伏せに引っくり返される。そのときに、入れっぱなしのものが、ぐりぐりと深い部分までえぐるのにも、声を上げずにはいられなかった。

あらためて入れなおされ、モデストロの大きなものが深くまでいっぱいに満たす。蜜でぬるぬるになっているから、軽く動かされただけでも、衝撃的な快感が駆け抜けた。

過剰なほどびくっと震えてしまったからか、背後からモデストロが抱きしめるように腕を回してきた。だけど、その手は柔らかなシャルエルの胸を包みこみ、うつ伏せになったためにより柔らかくなったそこを、指を広げて探ってくる。

もう終わりにしたいほどくたくたに感じすぎていたが、そんなふうにされると身体がうずいた。

ひく、と中がうごめいたのを待っていたかのように、ゆっくりと抜き差しが始まる。先ほどとは挿入の角度が違っていて、あまり刺激されていなかったところをたっぷりと擦りあげられる。

モデストロの硬く張り詰めた先端に、中の感じるところを何度も繰り返し擦りあげられ、そこから気が遠くなるような快感が湧きあがった。それと同時に、乳首を指先であやすようになぞられた。

「……っん」

気持ちがよかった。

何も考えられなくなりながらも、シャルエルもモデストロに合わせて腰を揺らす。より深く迎え入れたくて、だんだんとその動きが淫らなものに変わっていくのを止められない。

「っぁ、……ふ、ん、ん……っ」

モデストロはシャルエルの感じるところばかりを狙ってくる。それに感じた襞が、モデストロのものを深々と締めつけ、さらに奥へ誘おうとからみついた。

「んんん、……っん、……っふ」

動きに合わせて、乳首もまさぐられた。

モデストロの突きこんでくる勢いが増し、切っ先が深い位置まで蹂躙する。その激しさにこみあげる快感を制御できず、ただ受け止めるしかない状態にまで押し上げられていく。

がくがくと、身体が震え始めた。

絶頂が近いことを読み取ったモデストロが、それに合わせて、送りこむ腰の速度を増す。

「っぁあっ、んぁ、あ、あ……」

最後には、モデストロの顔を見ながら達したい。

そんなふうに願ったのを察したかのように引っくり返され、最後は抱き合ったまま、モデストロのものが深くまで入りこんでくるのを意識した。

「っぁ！　……んぁ、あ、あ、あ、あ……っ」

絶頂している最中の強烈な快感がずっと続いたのは、シャルエルのほうが少しだけ先に達したからだ。

我慢できずに先に達しても、モデストロが終わるまでの間、腰をつかまれてガンガンに身体を揺さぶられる。

そのたびに腰が跳ね上がった。あえぎすぎて、呼吸が苦しい。

跳ね上がるシャルエルの身体を抱きすくめ、モデストロは乳首を甘噛みしながら、なおも腰を回して深いところまでえぐってきた。

「んぁ、……あ、あ……っんぁ、……ん、ぁ……ッダメ……っ」

痛いぐらいに乳首を吸いながら、モデストロは何度も腰を叩きつける。

達しすぎた身体はどこかがおかしくなって、意識が一瞬、飛んだぐらいに感じられるほどだった。

「んっ！」

ぞくっと身体が震えたのは、中に出された瞬間だ。少しだけ遅れて、熱いものが深いところから広がっていく。

まだひくつく身体を抱きしめながら、モデストロが乳首を吸ってきた。

そんなふうにされると、なおも身体がうずく。愛しさと性感が掻き立てられて、ずっとモデストロとつながっていたくなる。

つがいの契約を結んだ後から、ギューフのメスは妊娠が可能になるそうだ。

発情期ではないからまだ孕むことはないだろうが、これから始まる発情期で新たな命を授かることはあるだろうか。

そうでなくても、モデストロとは一生そばにいることができる。

――つがい、だから。

まだ整わない息をしながら、シャルエルはモデストロを見た。

モデストロは胸元から顔を上げて、シャルエルと顔の位置を合わせてくる。頬に口づけられ、瞼に口づけられ、最後に唇をふさがれた。

深い絆が、モデストロとの間に結ばれている。

目を開くと、その目をのぞきこまれながら言われた。

「愛している。永遠に」

シャルエルのほうも愛しさでいっぱいになり、モデストロの首の後ろに手をからみつかせた。

「私もよ」

出会ったときには、モデストロは誰も信じないといった暗い目をしていた。

だけど、今は違う。黄金色に輝く瞳はとても澄んで、晴れやかだ。そして、シャルエルへの愛にあふれている。

その変化を、シャルエルは最高に喜ばしいものとして受け止めていた。

——ずっとこの先も、モデストロとは一緒にいられるの。

それはシャルエルとモデストロの関係だけにとどまらず、アンズスとギューフという種族にとっても、同様なのかもしれない。

たまらなく惹かれあい、互いに足りないものを求めあう。

こんな関係がずっと続けばいい。

——たぶん、続くわ。

少なくとも、自分が生きているうちは。

その先はわからないけれども、ブルタニア中を愛で包みこみたい。

皆が幸せに暮らせるようにと、そのことを強く願っていた。

あとがき

こんにちは、もしくは、はじめまして、本当にありがとうございます(深々)。花菱(はなびし)ななみです。『極上王子、運命のつがいを拾う』を手にとっていただきまして、本当にありがとうございます(深々)。

『ティーンズラブなオメガバース』をテーマに、書いてみました。

オメガバといえば階級社会に、両性具有などの子作り、つがいの設定などがとてもおいしいです。ティーンズラブだと元々子作りにおいての障壁はないのですが、運命のつがいとか、発情期とか、おいしいところがいっぱいあるので、それにチャレンジしてみたくて。

特に私が大好きなのは、発情期設定です。ごくり。望んでいないのに、運命の恋人の匂いを嗅ぐと発情してどうしようもなくなってしまうヒロインちゃんとか、いつもよりも我を失ってますよ、のヒーローとか、相手の匂いのついた衣服をくんかくんか嗅いで、それで巣を作っちゃうところなどが、お互いとても可愛くて大好きです。

なので、その大好きなところと、運命の恋人との出会い、というところに重点を置いて書いてみたのですが、やっぱり問題になってくるのが、階級社会設定でした。

自分の種族をそのまんまに、一人だけ幸せになるヒロインちゃんはどうかなぁ、と思ってしまったので、やっぱり社会ごと問題解決しなくてはいけないのでは、となんだか大がかりな話になりました。

だけど、モデストロみたいな、引きこもり隠遁者タイプ。他の人には冷たいけど、ヒロインちゃんにだけは優しくて特別感のあるクーデレヒーローがとてもとても大好きなので、楽しく書きました。ヒロインちゃんも元気で、へこたれないタイプが好きです。

そんなモデストロやヒロインちゃんを、白崎小夜(しろさきさや)先生にとても素敵なイラストにしていただきました。麗しくも男の色香あふれるモデストロと、黒パンよりも白パンが好きな元気なシャルエルを、ありがとうございました。イラストをつけていただくと、一気にキャラが生き生きと動き出す感じがあります。素敵です。

いろいろご相談ばかりさせていただくのですが、いつでも明確な答えと励ましをいただける担当さまにも、お世話になりました。おかげで、いつも楽しく書かせていただいています。ありがとうございます。

そして何より、読んでくださった皆様に、心からの感謝を。

また次の作品などで再会できましたら、それに勝る幸せはありません。ありがとうございました。

極上王子、運命のつがいを拾う

ティアラ文庫をお買いあげいただき、ありがとうございます。
この作品を読んでのご意見·ご感想をお待ちしております。

✦ ファンレターの宛先 ✦
〒102-0072　東京都千代田区飯田橋3-3-1
プランタン出版　ティアラ文庫編集部気付
花菱ななみ先生係／白崎小夜先生係

ティアラ文庫&オパール文庫Webサイト『L'ecrin』
https://www.l-ecrin.jp/

著者――花菱ななみ（はなびし ななみ）
挿絵――白崎小夜（しろさき さや）
発行――プランタン出版
発売――フランス書院
〒102-0072　東京都千代田区飯田橋3-3-1
電話(営業)03-5226-5744
(編集)03-5226-5742
印刷――誠宏印刷
製本――若林製本工場

ISBN978-4-8296-6937-2 C0193

ティアラ文庫

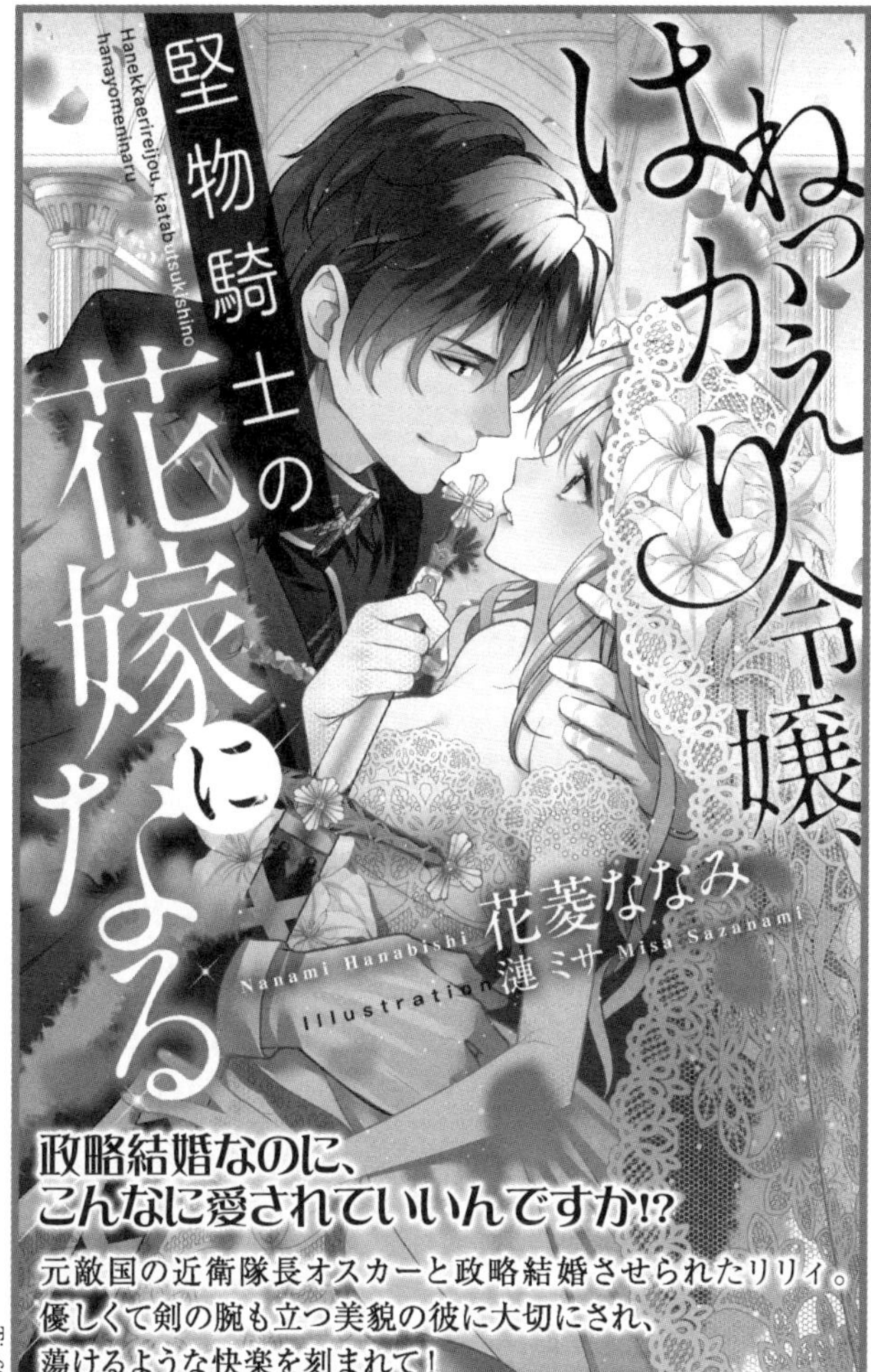

Tia6913

♥ 好評発売中! ♥

ティアラ文庫

Tia6745

♥ 好評発売中！ ♥